传统文化修养丛书

学诗百法·学词百法

【民国】刘坡公 ◎ 著

杨 敏 ◎ 编

上海科学技术文献出版社
Shanghai Scientific and Technological Literature Press

图书在版编目（CIP）数据

学诗百法·学词百法/刘坡公著；杨敏编. —上海：上海科学技术文献出版社，2019 (2021.9重印)
(传统文化修养丛书)
ISBN 978-7-5439-7758-7

Ⅰ.① 学… Ⅱ.① 刘…② 杨… Ⅲ.① 诗词—创作方法—中国 Ⅳ.① I207.21

中国版本图书馆 CIP 数据核字 (2018) 第 296556 号

策划编辑：张　树
责任编辑：王倍倍　杨怡君
封面设计：许　菲

学诗百法·学词百法
XUESHI BAIFA · XUECI BAIFA
刘坡公　著　杨　敏　编
出版发行：上海科学技术文献出版社
地　　址：上海市长乐路 746 号
邮政编码：200040
经　　销：全国新华书店
印　　刷：常熟市人民印刷有限公司
开　　本：889×1194　1/32
印　　张：8.5
字　　数：156 000
版　　次：2019 年 1 月第 1 版　2021 年 9 月第 2 次印刷
书　　号：ISBN 978-7-5439-7758-7
定　　价：38.00 元
http://www.sstlp.com

目 录

学诗百法

编辑大意 …………………………………… 3
声　韵 ……………………………………… 4
　练习四声法 ……………………………… 4
　辨别平仄法 ……………………………… 7
　检查诗韵法 ……………………………… 10
　通转古韵法 ……………………………… 12
　五律平起法五绝平起附 ………………… 14
　五律仄起法五绝仄起附 ………………… 15
　七律平起法七绝平起附 ………………… 15
　七律仄起法七绝仄起附 ………………… 16
对　偶 ……………………………………… 18
　一字属对法 ……………………………… 18
　二字属对法 ……………………………… 22
　三字属对法 ……………………………… 22
　四字属对法 ……………………………… 24
　五字属对法 ……………………………… 25

六字属对法 …………………………………… 26
　　七字属对法 …………………………………… 30
字　　句 …………………………………………… 33
　　研究炼字法 …………………………………… 33
　　研究造句法 …………………………………… 35
　　研究点眼法 …………………………………… 38
　　指示正格法 …………………………………… 39
　　指示拗句法 …………………………………… 42
　　指示变体法 …………………………………… 43
章　　法 …………………………………………… 45
　　起笔突兀法 …………………………………… 45
　　承笔衔接法 …………………………………… 46
　　转笔呼应法 …………………………………… 46
　　合笔结束法 …………………………………… 47
　　因人述事法 …………………………………… 48
　　因地记游法 …………………………………… 48
　　因时点景法 …………………………………… 49
　　因境抒情法 …………………………………… 50
　　起句相对法 …………………………………… 50
　　收句相对法 …………………………………… 51
　　通体拗句法 …………………………………… 51
　　通体仄韵法 …………………………………… 52
　　通体写情法 …………………………………… 53

通体写景法	53
分写情景法	54
合写情景法	55
明咏物情法	56
暗咏物情法	56
抚今怀古法	57
寓意托兴法	58
颂中寓讽法	58
褒中有刺法	59
参间虚实法	60
判别深浅法	61
顺点题面法	61
反托题意法	62
侧衬题意法	63
空翻题意法	63
借物兴感法	64
触景生情法	65
首尾相贯法	65
前后相应法	66

规　　则 … 67

考订四则法	67
领会四体法	68
相准题意法	69

采择材料法	70
辨别体格法	72
审叶音调法	73
运用古事法	74
选定韵脚法	74
讲求诵读法	76
分析次序法	81
忌　病	**83**
论诗八病法	83
学诗五忌法	84
作诗五戒法	85
押韵八戒法	88
律诗四忌法	89
绝诗四忌法	90
派　别	**91**
探索源流法	91
分别宗派法	92
研究变迁法	93
提挈纲要法	98
体　裁	**99**
学作歌谣法	99
学作乐府法	100
学作五古法	101

学作七古法 …… 102

学作律诗法 …… 103

学作绝诗法 …… 105

作排律诗法 …… 106

作长短句法 …… 107

作三言诗法 …… 108

作四言诗法 …… 109

作六言诗法 …… 111

作杂言诗法 …… 111

作白描诗法 …… 112

作回文诗法 …… 113

作叠字诗法 …… 114

作联句诗法 …… 114

作集句诗法 …… 116

作促句诗法 …… 117

作无题诗法 …… 118

作怀古诗法 …… 119

作竹枝词法 …… 120

作柳枝词法 …… 121

作打油诗法 …… 122

作宝塔诗法 …… 122

学作棹歌法 …… 123

学作宫词法 …… 124

学词百法

- **编辑大意** ·········· 129
- **音　韵** ·········· 131
  - 审辨五音法 ·········· 131
  - 考正音律法 ·········· 132
  - 分别阴阳法 ·········· 134
  - 剖析上去法 ·········· 135
  - 检用词韵法 ·········· 137
  - 配押词韵法 ·········· 139
  - 变换词韵法 ·········· 141
  - 避忌落韵法 ·········· 145
- **字　句** ·········· 147
  - 填一字句法 ·········· 147
  - 填二字句法 ·········· 147
  - 填三字句法 ·········· 149
  - 填四字句法 ·········· 151
  - 填五字句法 ·········· 155
  - 填六字句法 ·········· 157
  - 填七字句法 ·········· 159
  - 填对偶句法 ·········· 161
- **规　则** ·········· 165

检用词谱法 ········· 165

  研究要诀法 ········· 167

  衬逗虚字法 ········· 169

  锻炼词句法 ········· 171

  揣摩词眼法 ········· 174

  选择调名法 ········· 175

  布置格局法 ········· 176

  运用古事法 ········· 176

  填词起结法 ········· 177

  填词转折法 ········· 178

  填词言情法 ········· 179

  填词写景法 ········· 180

  填词纪事法 ········· 181

  填词咏物法 ········· 182

源　流 ········· 184

  探溯词源法 ········· 184

  分别词曲法 ········· 186

  辨别词体法 ········· 187

  考正调名法 ········· 188

  讲究令慢法 ········· 189

派　别 ········· 191

  晚唐诸家词法 ········· 191

  五代诸家词法 ········· 192

两宋诸家词法 …………………………… 193
金元诸家词法 …………………………… 196
明代诸家词法 …………………………… 197
清代诸家词法 …………………………… 199

格　调 …………………………………… 202
　　填十六字令法 …………………………… 202
　　填南歌子调法 …………………………… 202
　　填渔歌子调法 …………………………… 202
　　填忆江南调法 …………………………… 203
　　填捣练子调法 …………………………… 203
　　填忆王孙调法 …………………………… 203
　　填调笑令调法 …………………………… 204
　　填如梦令调法 …………………………… 204
　　填归自谣调法 …………………………… 204
　　填相见欢调法 …………………………… 205
　　填长相思调法 …………………………… 205
　　填醉太平调法 …………………………… 206
　　填昭君怨调法 …………………………… 206
　　填酒泉子调法 …………………………… 206
　　填生查子调法 …………………………… 207
　　填点绛唇调法 …………………………… 207
　　填浣溪沙调法 …………………………… 208
　　填菩萨蛮调法 …………………………… 208

填卜算子调法	208
减字木兰花法	209
填丑奴儿调法	209
填诉衷情调法	210
填谒金门调法	210
填好事近调法	210
填忆秦娥调法	211
填清平乐调法	211
填更漏子调法	212
填画堂春调法	212
填阮郎归调法	213
摊破浣溪沙法	213
桃源忆故人法	213
填眼儿媚调法	214
填柳梢青调法	214
填河渎神调法	215
填应天长调法	215
填西江月调法	216
填惜分飞调法	216
填醉花阴调法	216
填浪淘沙调法	217
填鹧鸪天调法	217
填临江仙调法	218

填鹊桥仙调法	218
填虞美人调法	219
填一斛珠调法	219
填踏莎行调法	220
填小重山调法	220
填一剪梅调法	220
填蝶恋花调法	221
填唐多令调法	221
填破阵子调法	222
填苏幕遮调法	222
填渔家傲调法	223
填定风波调法	223
填嬾人娇调法	224
填青玉案调法	224
填解珮令调法	225
填天仙子调法	225
填江城子调法	225
填千秋岁调法	226
填离亭燕调法	226
填风入松调法	227
填祝英台近法	227
填御街行调法	228
金人捧露盘法	228

填新荷叶调法 …………………………… 229

填蓦山溪调法 …………………………… 229

填洞仙歌调法 …………………………… 230

江城梅花引法 …………………………… 230

填意难忘调法 …………………………… 231

填满江红调法 …………………………… 231

填满庭芳调法 …………………………… 232

填水调歌头法 …………………………… 233

填烛影摇红法 …………………………… 233

填声声慢调法 …………………………… 234

填醉蓬莱调法 …………………………… 234

填暗香词调法 …………………………… 235

填八声甘州法 …………………………… 235

填双双燕调法 …………………………… 236

填昼夜乐调法 …………………………… 236

填锁窗寒调法 …………………………… 237

填念奴娇调法 …………………………… 238

填瑞鹤仙调法 …………………………… 238

填水龙吟调法 …………………………… 239

填齐天乐调法 …………………………… 239

填南浦词调法 …………………………… 240

填绮罗香调法 …………………………… 240

填永遇乐调法 …………………………… 241

填二郎神调法 ················ 242

填望海潮调法 ················ 242

填一萼红调法 ················ 243

填疏影词调法 ················ 243

填沁园春调法 ················ 244

填摸鱼儿调法 ················ 245

填贺新郎调法 ················ 245

填兰陵王调法 ················ 246

填多丽词调法 ················ 247

填戚氏词调法 ················ 247

填莺啼序调法 ················ 248

整理后记 ················ 250

学诗百法

刘坡公 著

编辑大意

一　本书定名《学诗百法》，专为学诗者指示门径。文字务求浅显，体例不厌详尽。初学得此，极易领悟。

一　本书共分八大纲，一、声韵，二、对偶，三、字句，四、章法，五、规则，六、忌病，七、派别，八体裁；其中又各分子目若干，则共成百法，以供作诗之研究。初学细细揣摩，必能信手成章。

一　本书教人学诗，贵由浅而入深。故第一步教以五、七言古体，第二步教以五言律、绝，第三步教以七言律、绝。学者循序渐进，可收举一反三之效。

一　本书对于作法，极为注意，如炼字、造句、属对、押韵等，以及诗之起承转合各法，均分条说明其理，又各举一例以为证。学者依样葫芦，可无扞格之患。

一　本书以初学作诗，宜乎多读，故就《唐诗三百首》中，分别写景、言情、寓意、托物等种种章法，各选一首为例。读者奉为范本，无须再购他书。

一　本书体格详备，除古诗及五七言律绝外，凡《唐诗三百首》中所不载者，本书旁收博引，加意采集，以飨学者。

声　韵

练习四声法

学诗之第一步，当重声韵。声韵之中，尤以练习四声为最要。四声者何？平、上、去、入是也。兹录昔人辨四声歌诀如下：

一　平声平道莫低昂，二　上声高呼用力强，
三　去声分明哀远道，四　入声短促急收藏。

第一句言"平声平道莫低昂"者，随口平读，其声不高不低，而尾音自然延长。第二句言"上声高呼用力强"者，向上高读，其声亢而响亮，并无尾音。第三句言"去声分明哀远道"者，向下重读，其声哀而且远，而尾音较短。第四句言"入声短促急收藏"者，向直急读，其声既木且实，亦无尾音。譬之击鼓，以木槌轻击鼓之中心，其声为"东"，是谓平声；再击鼓面之四周，则其声为"董"，是谓上声；若更在鼓之中心，以木槌重击之，则其声为"冻"，是谓去声；若以一手扪鼓面，一手重击之，

则其声为"笃"，是谓入声。总之，四声之分，其不同之点有三：平、去有尾音，上、入无尾音，一不同也；平声和平而尾音长，去声哀远而尾音短，二不同也；上、入二声，虽皆无尾音，但上声响而亮，入声木而实，三不同也。能辨此不同之点，然后可与言练习。试再列表于后。

声别	读法	发声	尾音
平	随口平读	声和平	尾音长
上	向上高读	声响亮	尾音无
去	向下重读	声哀远	尾音短
入	向直急读	声木实	尾音无

练习之法，须将平、上、去、入四字，按照前表读法，以右手食指作势，读平声时，以指搁于桌之左边，徐徐向右移去，移至右边尽处为止，声亦随之而止。桌之阔，大约以二尺为度。读上声时，以指搁于桌边正中，向上一挑，约离桌面一尺高，而声亦顿止。读去声时，以指离桌，而下重重一指，约离桌面一尺低，而声乃止。读入声时，以指向对面一指，约离身一尺远，而声即止。如是将此四字，每日读一百遍，其声之高下疾徐，不可稍误。历三日，然后易以"东"平声、"董"上声、"冻"去声、"笃"入声四字，仍照前法练习。再历三日，则无论何字，一读平、上、去三声，而入声之字，自然脱口而出矣。兹为练习时试验有无错误起见，故将四声之字，再举数例于左。

平上去入	平上去入	平上去入	平上去入
东董冻笃	同动洞独	空孔控哭	蒙蠓梦木
隆拢弄陆	钟肿种烛	松悚宋粟	容拥用浴
江讲绛觉	知指志质	时氏侍日	诗矢试失
医矣意一	基几记吉	私史肆率	离里利律
微尾未物	非诽沸弗	鱼敔御月	渠拒讵掘
居举锯厥	枯苦库阔	途杜度夺	吴午护活
孤古故割	西洗细膝	梨礼例栗	迷米谜密
佳解戒黠	排摆败拔	哀亥爱曷	该改盖葛
台怠队夺	真轸震质	申笋舜室	仁忍润术
因引印乙	旬尽殉疾	文吻问物	分粉粪拂
元阮愿月	翻反贩髪	烦晚万伐	干澣旰割
丸缓换活	滩坦叹脱	删潸讪瑟	间简涧吉
先铣霰屑	笺剪箭节	钱践贱绝	船篆膳舌
坚茧见洁	萧小笑削	辽了料略	腰杳要约
交狡校脚	高槁诰阁	遭早灶作	桃稻盗铎
歌哿个骨	科可课窟	麻马祃陌	牙雅夏译
巴把霸伯	阳养漾药	张涨帐酌	长丈让若
将奖酱雀	香享饷谑	央痒恙约	良两亮略
情静净夕	惊颈敬戟	莺影映益	丁顶钉滴
蒸拯证职	尤有宥亦	雠受授石	邹酒奏责
金锦禁急	阴饮荫邑	含窨憾盍	甘敢绀鸽
盐琰艳叶	匳脸敛猎	成赚陷洽	缄减鉴甲

辨别平仄法

作诗之法，合上平、下平声统曰"平"，合上、去、入三声统曰"仄"。平声、仄声，绝然不同，一则和柔圆润，一则亢直短促，学者最易辨别。惟有一种可平可仄之字，或可通用，或不可通用，若不加意辨别，非惟失去真解，并犯出韵及不调平仄之病。兹将此种字之可以通用与不可通用者，分别略举于下。

平仄通用者

衷　平声一东，去声一送，义同，中心也。

供　平声二冬，去声二宋，义同，供奉也。

撞　平声三江，去声三绛，义同，捣也。

贻　平声四支，去声四寘，义同，馈遗也。

欷　平声五微，去声五未，义同，嘘气声

虑　平声六鱼，去声六御，义同，忧思也

驱　平声七虞，去声七遇，义同，奔驰也

缔　平声八齐，去声八霁，义同，结也

楷　平声九佳，上声九蟹，义同，楷模也

晦　平声十灰，去声十一队，义同，不明也

谆　平声十一真，去声十二震，义同，诚恳貌

叹　平声十四寒，去声十五翰，义同，慨叹也

患	平声十五删,去声十六谏,义同,忧也
缠	平声一先,去声十七霰,义同,绕也
烧	平声二萧,去声十八啸,义同,焚也
敲	平声三肴,去声十九效,义同,叩也
挠	平声四豪,上声十八巧,义同,扰也
拕	平声五歌,上声二十哿,义同,曳也
飏	平声七阳,去声二十三漾,义同,扬也
莹	平声八庚,去声二十五径,义同,玉色、光洁也
廷	平声九青,去声二十五径,义同,朝廷也
凭	平声十蒸,去声二十五径,义同,倚也
浏	平声十一尤,上声二十五有,义同,水清也
吟	平声十二侵,去声二十七沁,义同,呻吟也
砭	平声十四盐,去声二十九艳,义同,以石针病曰砭
巉	平声十五咸,上声二十九豏,义同,险峻貌

平仄不可通者

风	平声一东,空气相激而成谓之风;去声一送,讽刺也。
缝	平声二冬,弥补也;去声二宋,隙也。
降	平声三江,读如杭,伏也;去声三绛,音绛,自上而下谓之降。
为	平声四支,作也;去声四寘,因也。
衣	平声五微,衣服;去声五未,着衣也。
予	平声六鱼,我也;上声六语,与也。

铺	平声七虞，铺张也；去声七遇，店铺也。
妻	平声八齐，夫妻；去声八齐，以女与人曰妻。
填	平声十一真，压也；去声十二震，抚也。
闻	平声十二文，听也；去声十三问，名誉也。
难	平声十四寒，易之反；去声十五翰，患难也。
燕	平声一先，地名；去声十七霰，鸟名。
调	平声二萧，调和也；去声十八啸，曲调也。
钞	平声三肴，缮写也；去声十九效，币名。
号	平声四豪，有声无泪曰号；去声二十号，名号也。
过	平声五歌，经过也；去声二十一个，过失也。
华	平声六麻，美丽也；去声二十二祃，山名。
长	平声七阳，短之反；上声二十二养，音掌，尊长也；去声二十三漾，音尚，度长短也。
更	平声八庚，改也；去声二十四敬，再也。
屏	平声九青，围屏也；上声二十三梗，除也、去也。
兴	平声十蒸，起也；去声二十五径，趣味也。
任	平十二侵，负担责任曰任；去声二十七沁，责任也。
担	平声十三覃，肩负曰担；去声二十八勘，负担也。
占	平声十四盐，占卜也；去声二十九艳，占据也。
监	平声十五咸，察也；去声三十陷，观也。

前举平仄可通用之字，虽则诗中随意可用，然而抑扬轻重之间，仍宜细细推敲。至于不可通用之字，意义悬

殊，万不可稍有差误，羼杂其中。学者宜将所举之字，依仿练习四声法，先行熟读其音，次则详译其义，随时随地，留心辨别，不出匝月，而字之平仄，无不瞭然胸中。他若一字而兼数平声或数仄声者，其义亦有可通、不可通之别，不妨以此类推。

检查诗韵法

近人作诗，皆奉梁沈约诗韵为标准，故平、上、去、入四种韵目，不可不牢记胸中。但是上、下平各十五韵，而上声仅有二十九韵，去声三十韵，入声止十七韵而已。学者苟不明四种韵目隶合之法，则于四声之字，何字归入何韵，断难分析清楚。兹为便利学者检查诗韵起见，特将四声一百零六韵韵目，合成一表，俾知某字在平声某韵者，其上、去、入三声之字，即知在某某等韵。如同字在平声一东，其上声之"动"字定在一董，去声之"洞"字定在一送，入声之"独"字定在一屋。以此推寻，百不失一，不必东翻西阅，而无字不可一检即得也。表列如左。

平声	上声	去声	入声
一东	一董	一送	一屋
二冬	二肿	二宋	二沃
三江	三讲	三绛	三觉
四支	四纸	四寘	四质

平声	上声	去声	入声
五微	五尾	五未	五物
六鱼	六语	六御	六月
七虞	七麌	七遇	七曷
八齐	八荠	八霁	四质
九佳	九蟹	九泰 十卦	八黠
十灰	十贿	十一队	七曷
十一真	十一轸	十二震	四质
十二文	十二吻	十三问	五物
十三元	十三阮	十四愿	六月
十四寒	十四旱	十五翰	七曷
十五删	十五潸	十六谏	八黠
一先	十六铣	十七霰	九屑
二萧	十七筱	十八啸	十药
三肴	十八巧	十九效	十药
四豪	十九皓	二十号	十药
五歌	二十哿	二十一个	六月
六麻	二十一马	二十二祃	十一陌
七阳	二十二养	二十三漾	十药
八庚	二十三梗	二十四敬	十一陌 十二锡
九青 十蒸	二十四迥	二十五径	十三职
十一尤	二十五有	二十六宥	十一陌
十二侵	二十六寝	二十七沁	十四缉
十三覃	二十七感	二十八勘	十五合
十四盐	二十八俭	二十九艳	十六叶
十五咸	二十九豏	三十陷	十七洽

右表将下平声之九青、十蒸,并为一韵,将去声之九泰、十卦,并为一韵,使平、上、去三种音目,各成二十九数,然后再将入声十七韵,就每韵中各字之声,合于平声何韵者,亦分成二十九部,使平、上、去、入四声,各相隶属,而后诗韵中无难检之字矣。

通转古韵法

作诗之韵,或可通,或可转。通者,以本音通本音之谓,如一东之与二冬,八庚之与九青、十蒸是也;转者,转其声而后通之谓,如一东之与三江,四支之与九佳是也。盖东、冬同为舌端音,庚、青、蒸同为齿头音,其音既属一本,故可通。东为宫音,江为商音,支为徵音,佳为商音,一宫一商,一徵一商,皆非本音,故欲通其韵,必先转其声乃可。但通转之法,今韵较严,而古韵极宽,如一东、二冬固可通,一东与三江,既非本音,只能转韵而已,而古韵则东、冬、江三韵均可通。又如四支之与九佳、十灰亦非本音,必转而方通,而古韵则微、齐、佳、灰、文五韵均可通。又如上平之十一真,与十二文、十三元、十四寒、十五删,及下平之一先,在今韵中,万不能通,而古韵则真、文、元、寒、删、先六韵竟可通叶。又如三江之与七阳通,二萧之与三肴、四豪通,犹得谓之谐声,若夫下平之十二侵、十三覃、十四盐、十五咸,四韵可通，则惟古韵为然耳。又如六鱼之通七虞，八庚之通九青、十蒸，古韵更数见不鲜矣。

上声中一董、二肿可通，一董、二肿与三讲亦可通，四纸与五尾、八荠、九蟹、十贿可通，十一轸与十二吻、十三阮、十四旱、十五潸、十六铣可通，十七筱、十八巧、十九皓三音可通，二十哿与二十一马、二十三梗与二十四迥可通，二十六寝、二十七感、二十八俭三韵可通，此尤足见古韵通转之宽也。

去声中古韵之可通者，则有一送、二宋之通三绛，四置、五未、八霁之通九泰、十卦、十一队，六御之通七遇，十二震之通十三问、十四愿、十五翰、十六谏、十七霰、十八啸、十九效、二十号之三韵相通，二十一个、二十二祃之二韵相通；二十三漾、二十四敬、二十五径、二十六宥之四韵，虽未有通转，而二十七沁之与二十八勘、二十九艳、三十陷，古韵中又可通叶矣。

入声十七韵，其中一屋与二沃、三觉可通，四质与五物、六月、七曷、八黠、九屑可通，十一陌与十二锡、十三职可通。

古韵中所未见通转者，只十药、十四缉、十五合、十六叶、十七洽之五韵耳。

古韵之可通可转，既如上述矣，今试进而言转韵之法。或则两句一转，或则四句一转，或则六句、八句一转。盖转韵之句必以双数，不能以单数，且通篇上下，尤须铢两匀称,无头轻脚重之病。即韵之平仄,亦须相间而用,如前四句押平韵,后四句换仄韵之类。至于通韵之法则反是,止就音之可通者而押之,或通体用平韵,或通体用仄韵,断不可平仄相间而用也。

五律平起法 五绝平起附

五律每首八句,首句有押韵与不押韵之别。平起者,首句第一、第二字均为平声。兹先示其法于后。

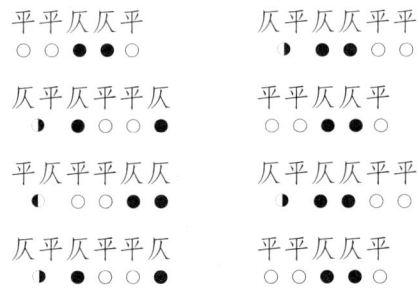

右为五律首句押韵之平起法,○者,平声之符号也;●者,仄声之符号也;◐者,应用平声而可易仄声之符号也;◑者,应用仄声而可易平声之符号也。若首句不押韵,则应改为"平平平仄仄"。五绝则只有四句,依照前四句之平仄,即为五绝首句押韵之平起法;依照后四句之平仄,即为五绝首句不押韵之平起法。学者细细揣摩,不难收举一反三之效。

五律仄起法 五绝仄起附

仄起者,首句第一、第二字均为仄声,亦有押韵与不押韵之别。兹再示其法于下。

```
仄平仄仄平平      平平仄仄平
◐●●○○          ○○●●○

平仄平平仄仄      仄平仄仄平平
◑○○●●          ◐●●○○

仄平仄平平仄      平平仄仄平
◐○●○○●        ○○●●○

平仄平平仄仄      仄平仄仄平平
◑○○●●          ◐●●○○
```

右为五律首句押韵之仄起法,若首句不押韵,则改为"仄仄平平仄"可也。五绝首句押韵之仄起法,即照前四句之平仄;五绝首句不押韵之仄起法,即照后四句之平仄。学者能将前两首之平仄,反复熟读,则作五律、五绝诗时,自无失调平仄之病。

七律平起法 七绝平起附

七律亦每首八句,首句亦有押韵者,亦有不押韵者,以首句第二字必用平声为平起。兹将其法示左。

平仄平仄平仄仄平平　　仄平仄平平仄仄平
仄平仄平仄平平仄仄　　平仄平仄平仄平平
平仄平仄平平平仄　　　仄平仄平仄平仄平平
仄平仄平仄平平仄仄　　平仄平仄平仄平平

右为七律首句押韵之平起法，若首句不押韵，则应改为"平平仄仄平平仄"。七绝亦只四句，依照前半首之平仄，即为七绝首句押韵之平起法；依照后半首之平仄，即为七绝首句不押韵之平起法。

七律仄起法 七绝仄起附

七律仄起者，首句第二字必用仄声也，其法亦有押韵与不押韵之别。兹再将八句之平仄，表示于后。

仄平仄平平仄仄平　　平仄平仄平仄仄平平
平仄平仄仄平平仄　　仄平仄平仄平平仄
仄平仄平平仄仄仄　　平仄平仄平仄平平
平仄平仄平仄平仄　　仄平仄平平仄仄平

右为七律首句押韵之仄起法,若首句不押韵,则应改为"仄仄平平平仄仄"。七绝首句押韵之仄起法,即照前四句之平仄;七绝首句不押韵之仄起法,即照后四句之平仄。学者欲作七律、七绝诗,须将此两首平仄随口念熟,则下笔之时,自然声调稳妥,而不致有差误也。

对　偶

一字属对法

学作律诗，以对偶工稳为最要。学习对偶之法，不外以平声字对仄声字，以仄声字对平声字，而字面则以类相从，如天类对天类，地类对地类，人类对人类，物类对物类，虚字对虚字，实字对实字。其入手初步，可先任拈一字，求其配偶，如风对雨、山对水之类，因风、雨皆天类字，山、水皆地类字，风与山皆平声，雨与水皆仄声，故均可对。但亦有一字而可两对者，如风对雨，自是同类字之最相合者，然而亦可与地类之"水"字相对。又如宫对室，皮对革，皆以类相从，而"宫"又为五音（宫商角徵羽为五音。徵，音止。）之一，故可对角、徵、羽等字；"革"又为八音（金石丝竹、匏土革木谓之八音。）之一，故可对金、丝、匏等字。明乎此则属对自易，而不致为同类之字所束缚也。兹试就天、地、人、物四类，略举其例如下。

天类

风—雨　　日—云　　霜—雪　　月—星
○　×　　×　○　　○　×　　×　○

烟—露　　雾—霞　　雷—电　　雹—虹
○　×　　×　○　　○　×　　○　×

春—夏　　夜—朝　　年—岁　　暑—寒
○　×　　×　○　　○　×　　×　○

地类

山—水　　石—泉　　河—井　　海—江
○　×　　×　○　　○　×　　×　○

城—市　　邑—田　　乡—野　　路—桥
○　×　　×　○　　○　×　　×　○

溪—谷　　沼—池　　波—浪　　岸—滩
○　×　　×　○　　○　×　　×　○

人类

男—女　　祖—孙　　妻—子　　弟—兄
○　×　　×　○　　○　×　　×　○

宾—主　　圣—贤　　农—士　　死—生
○　×　　×　○　　○　×　　×　○

穷—富　　面—心　　头—足　　目—眉
○　×　　×　○　　○　×　　×　○

身—手　　智—愚　　忠—孝
○　×　　×　○　　○　×

物类

冠—履　　带—衣　　珠—玉　　斗—升
○　×　　×　○　　○　×　　×　○

刀—尺　　剑—枪　　灯—镜　　帐—簾
○　×　　×　○　　○　×　　×　○

茶—酒　　草—花　　桐—竹　　杏—桃
○　×　　×　○　　○　×　　×　○

梅—菊　　马—牛　　禽—兽
○　×

二字属对法

一字之对既习熟矣，然后增一字而为二字对。二字之对，有两字平行者，有两字侧串者。何谓"平行"？上下二字皆实字，或皆形容字，如日月对虹霓，浓淡对深浅之类。何谓"侧串"？上为形容字而下为实字，或上为实字而下为形容字，如惠风对甘雨，月瘦对云痴之类。学者须知平行之字，止可对平行；侧串之字，止可对侧串。至平仄则下一字须平对仄、仄对平，上一字则可平可仄，不必拘定。今再举例如下。

天类

春风—夏雨　　白日—青天　　风剪—月轮
○○　××　　××　○○　　××　○○

三星—十雨　　羹雪—餐霞　　雷鼓—雨铃
○○　××　　　　　　　　　××　××

花朝—谷日　　九夏—三冬　　丁年—午夜
○○　××　　××　○○

菊月—梅天
○○　××

地类

山腰—水腹
○○　××

蜀道—秦关
×× ○○

黄浦—赤城
○○ ××

榆关—梓里
○○ ××

济北—淮南
×× ○○

金井—玉溪
×× ×○

岐山—渭水
○○ ××

剑阁—炉峰
×× ○○

西江—北海
○○ ××

雁门—鸡泽
×× ○○

人类

桥父—芥孙
○× ×○

荻母—梅妻
×× ○○

茶神—酒圣
○○ ××

奇侠—逸民
○× ×○

农夫—士子
○○ ××

织女—针神
×× ○○

红玉—绿珠
○× ×○

白眉—黄发
×○ ○×

云鬟—雪肤
○× ×○

口禅—牙慧
×○ ○×

物类

缁衣—赤舄
○○ ××

衮角—帐眉
○× ×○

琉璃—琥珀
○○ ××

玉环—金珥
×○ ○×

红笺—白筒
○○ ××

棘矢—桑弧
×× ○○

秧针—稻剑
○○ ××

芍药—荼蘼
×× ○○

鹦鹉—鹔鹴
○× ×○

吴牛—蜀犬
○○ ××

三字属对法

由二字对而增为三字对,其连缀之字,须要自然,不可勉强硬凑。兹试按照前例,分举如后。

天类

风吹花—日照树
○○○　　×××

月移栏—云出岫
×○○　　○××

看花日—斗草天
○○×　　×××

烟初散—露未干
○○×　　×××

含宿雨—带朝霞
○××　　×○○

嫩霜寒—香雾湿
××○　　○××

桐叶雨—楝花风
○××　　×○○

月满湖—星临户
×××　　○○×

歌风曲—咏雪诗
○○×　　×××

彩虹垂—晴日映
×○○　　○××

清和月—料峭天
○○×　　××○

百六辰—重三节
×××　　○○×

地类

山有色—水无声
○××　　×○○

水如烟—涛似雪
×○○　　○××

榆塞外—柳城东
○××　　○○○

十二衢—三千界
××○　　○○×

松菊径—薜萝泉
○××　　×○○

杏花村—桃叶渡
×○○　　○××

波澜阔—岛屿深
○○×　　×××

傍山城—临水驿
×○○　　○××

人类

花君子—酒圣人
○○× ××○

丸熊母—挽鹿妻
○○× ××○

弹冠客—进履人
○○× ××○

颖士奴—康成婢
××○ ○○×

夔铄翁—逍遥子
××○ ○○×

气凌云—心捧日
×○○ ○××

子象贤—孙绳武
××○ ○○×

入幕宾—升堂客
××○ ○○×

赤松子—黄石公
××○ ○○×

贤避世—士居贫
○×× ×○○

嵇康懒—许靖贫
○○× ×○○

腰舞柳—舌生莲
○×× ○○×

物类

芙蓉带—薛荔裳
○○× ××○

金步摇—玉条脱
○×○ ×○×

镂青笔—飞白书
××○ ○×○

花阴浅—草色深
○×× ××○

蔷薇露—茉莉霜
○○× ×○○

云外雁—水中鸥
○×× ×○○

挂壁冠—寻山屐
××○ ○○×

珊瑚网—琥珀杯
○○× ××○

流星矢—偃月刀
○○× ×××○

玉关柳—金井梧
××○ ○×○

越瓜凉—吴藕嫩
××○ ○××

喘月牛—追风骥
××○ ○○×

四字属对法

由三字对而增为四字对，其法较易。兹再分类举例于下。

天类

风吹槛外—日照窗前
〇〇×× ××〇〇

渡口绿烟—溪头红雨
××〇〇 〇〇×〇

春风舞柳—夏雨喧荷
〇〇×× ××〇〇

踏雪溪桥—迎风水榭
××〇〇 〇〇××

微雨淡云—晓风残月
〇××〇 ××〇×

有风伏热—无雨冬晴
×××× 〇×〇〇

地类

山色迎眸—水声入耳
〇××〇 ××××

万顷波光—千山雨意
××〇〇 〇〇××

埋盆作池—叠石成嶂
〇〇×〇 ×××〇

绕城水绿—排闼山青
×××× 〇××〇

风皱麦浪—雨洗松岚
〇〇×× ×××〇

三径苔痕—一庭树影
〇××〇 ××××

人类

男羁女角—婢织奴耕
〇〇×× ××〇〇

舍肉贻母—含饴弄孙
××〇× 〇〇××

南贫北富—浊圣清贤
〇〇×× ××〇〇

谢隐东山—韩瞻北斗
××〇〇 〇〇××

才储国器—寿冠耆英
〇〇×× ××〇〇

苏妇题图—宓妃赠枕
〇××〇 ××〇×

白手成家—丹心报国　　舌翻三寸—肠荡九回
××〇〇　〇〇××　　××〇〇　〇〇××

物类

冠裳毕集—履舄交加　　舞扇歌衫—耕蓑钓笠
〇〇××　××〇〇　　××〇〇　〇〇××

屏围芍药—帐暖芙蓉　　紫云割砚—红雪飞笺
〇〇××　××〇〇　　××〇〇　〇〇××

跃马横戈—闻鸡舞剑　　菊泉汲酒—槐火烹茶
××〇〇　〇〇××　　××〇〇　〇〇××

黄菊吟诗—紫芝作饵　　霜侵橘熟—雨绽梅肥
〇×〇〇　×〇××　　〇〇××　××〇〇

花鸟和风—草虫冷露　　狐知集腋—象戒焚身
〇×〇〇　××××　　〇〇××　××〇〇

五字属对法

五字对已成诗句，其平仄应较前稍宽。然第一、第三字虽可不拘，如当用平而可以用仄，当用仄而可以用平，及平对平、仄对仄之类；而第二、第四字则不可稍误，如当用平者，必须用平，当用仄者，必须用仄，及平对仄、仄对平之类。此前人所以于五言近体诗，有"一三不论，二四分明"之说。兹试举例于后。

天类

日照花如锦—风吹柳似丝
××〇〇×　〇〇××〇

凉风桑叶岸—细雨菊花天
○○○××　××○○

雪尚晴时积—星从曙后孤
××○○×　○○○○○

水高春雨足—山杂夏云多
◐○○××　◐×○×○

暮烟明月黯—残雨夕阳收
◐○○××　◐×○×○

细雨重阳菊—和风上巳兰
××○○×　○○○○○

晴窗逢谷日—雨径记花朝
○○○××　××××○

蝉催残暑去—雁带早凉来
○○○××　×××○○

地类

水落鱼龙夜—山空鸟鼠秋
××○○×　○○××○

山昏函谷雨—水落洞庭波
○○○××　×××○○

白水千层浪—青山一片云
××○○×　○○×××

云堆山径仄—雨涨石桥平
○○○××　××××○

天势迥平野—河流入断山
××××× ○○××○

江声通白帝—山势入青羌
○○○××　○×××○

岫石苔缘绿—江村叶落黄
××○○×　○○××○

山家潜豹雾—海国靖狼烟
○○○××　××○○

人类

旧谊酬宾主—新妆拜舅姑
××○○×　○○××○

鸡鸣修子职—燕翼贻孙谋
○○○××　××○○○

北漠孤臣梦—南陔孝子心
××○○×　○○××○

宦游妻子远—乡梦弟兄多
××○○×　○○××○

阮籍生涯懒—稽康意味疏
××○○×　○○××○

红裙霑越女—翠袖醉吴姬
○○○××　××○○

色艳梅侵额—毫轻碧展眉
××○○×　○○××○

长贫惟祝健—渐老不禁愁
○○○××　××○○

物类

径晚红黏屐—林深翠湿衣
××○○×　○○××○

弹冠登仕路—曳履伺侯门
○○○××　××○○

学弈摊清簟—看书照短檠
××○○×　○○××○

横刀奇侠传—舞剑大娘行
○○○××　××○○

野店人沽酒——邮亭客唤茶
××○○×　○○××○

麦香吹饼饵——花暖卖饧糖
×○○××　○×××○

夜宴喧桃李——晨游静芰荷
×××○×　○○××○

暖红烘橘市——寒碧湿菱塘
××○××　○××○○

碧水双鸥静——青山一鹤归
××○○×　○○××○

哀声猿入峡——渴势骥奔泉
○○○××　×××○○

六字属对法

由五字对而增为六字对，平仄之通用与不通用处，其法相同。不过造句之时，须要圆转自如，切不可露凑合之迹。仍照前例分举如下。

天类

日照芸窗冬暖——风吹草阁夜寒
××○○○×　○○××××○

春冶东风旖旎——夜深北斗阑干
○××○○×　××××○○

月落天光送曙——冰消地气回春
××○○××　○○××○○

树衬残霞画稿——花含宿雨诗情
××○○××　○○××○○

小院栽花剪雨—深山采药锄云
××○○×× ○○××○○

槐密山庄避暑—蓼疏水国知秋
○×○○×× ×○××○○

地类

春水浅蓝一色—夏山浓翠千层
○××○×× ×○○××○

一点山青螺髻—三篙水绿鸭头
××○○×× ○○××○○

日落江声带湿—风来海气含腥
××○○×× ○○××○○

窗外青山远绕—岸边白水长流
○××○×× ××××○○

人类

名士弹冠白屋—鄙夫曳履朱门
○××○×× ××××○○

名重薛家三凤—位分荀氏八龙
○×○○○× ××○××○

屋庑伯鸾夫妇—池塘灵运弟兄
××××○× ○○××○○

虢公国之唇齿—祈父王曰爪牙
○○××○× ○××××○

天锡汾阳贵寿—儿称李邺神仙
×××○×× ○○××○○

进学三苏轼辙—登科二宋郊祁
××○○×× ○○××○○

物类

草履山衣隐逸—花冠月帔神仙
××〇〇××　〇〇××〇〇

酒客瓷杯竹叶—诗家纸帐梅花
××××××　〇〇××〇〇

里社执刀宰肉—侯门弹铗求鱼
××××××　〇〇××〇〇

赤水求珠遇合—蓝田种玉因缘
××〇〇××　〇〇××〇〇

红蓼丹枫入画—碧梧绿竹招凉
〇××〇××　××××〇〇

鱼戏碧擎莲叶—蟹肥黄绽菊花
〇××〇〇×　××〇××〇

倦鹊绕枝知冻—飞鸿涵水带秋
××××〇×　〇〇〇××〇

山黯荒郊射虎—水沉远渚然犀
〇××〇××　×〇××〇〇

七字属对法

学习对偶，至七字为完毕，以后则便可入手近体诗矣。至七字对之平仄，与五字对相类，如第一、第三、第五字可以不拘，而第二、第四、第六字则不可差误。此前人所以于七言近体诗，又有"一三五不论，二四六分明"之说。兹再举例于左。

天类

星稀月落长天晓—日暖风和大地春
〇〇××〇〇×　××〇〇××〇

残月晓风杨柳岸—淡云微雨杏花天
〇×〇〇〇××　×〇〇××××〇

烟销皓月临江浒—日出晴霞亘海门
〇〇××〇〇×　×××〇×××〇

雨过平添三尺水—风寒为勒一分花
××〇〇〇××　〇〇××××〇

玉柳风斜寒食节—银花月朗上元宵
××〇〇〇××　〇〇××××〇

桐叶枣花风四月—蓼洲蘋溆露三秋
〇××〇〇××　××〇××〇〇

地类

苍松古树山家屋—红蓼疏花水国天
〇〇××〇〇×　〇××〇××〇

苍龙半挂秦川雨—石马长嘶汉苑风
〇〇××〇〇×　×××〇××〇

山径烟浓迷栈道—海潮雨急荡楼船
〇×〇〇〇××　××××××〇〇

云边路绕巴山色—树里河流汉水声
〇〇××〇〇×　××〇〇××〇

帝京西望诗吟杜—王室东迁政失周
××〇×〇〇×　×××〇××〇

晓月征夫催野渡—秋风谪宦梦乡关
××〇〇〇××　〇〇×××〇〇

人类

孙子曾玄分族谱—舅甥伯叔列封圻
〇×〇〇〇××　××××××〇〇

耕田冀缺妻能馌—下第苏秦嫂不炊
〇〇××〇〇×　×××〇××〇

逢友鞠躬双握手——呼朋促膝两谈心
××○○××　　○○××○○

天锺异遇唐三侠——世纵清谈晋七贤
○○××○○×　　××○○××○

晚风鼓急喧红玉——秋雨楼空感绿珠
×○××○○×　　○×○○××○

老来岁月看腰脚——身外云霄付羽毛
×○××○○×　　○××○××○

物类

衣冠济楚威仪美——杖履优游岁月闲
○○××○○×　　××○○××○

山衣草履渊明趣——缓带轻裘叔子装
○○××○○×　　××○○××○

宝鼎添香红袖女——珠帘说偈雪衣娘
××○○○××　　○○××××○

花砖昼永分簪笔——画烛宵凉快读书
○○××○○×　　××○○××○

红飞帘外花频落——绿映窗前草不除
○○○××○×　　××○○××○

双鬓秋霜留菊傲——满身夜月纳荷凉
○××○○××　　××××××○

林鸦落日红三面——野鹤闲云白一行
○○××○○×　　××○○××○

残蝶草莱嘶石马——故宫荆棘访铜驼
○××××○×　　××○××○○

字　句

研究炼字法

　　学习对偶，即为作诗之预备。然对偶虽工，苟不知炼字之法，则易犯涣散之病，全句精采，无由而见。前人所以有"吟成五个字，用尽一身心"，及"吟成一个字，捻断数茎髭"等说，可见炼字之难，实为学诗者最切要之工夫。不论五言、七言，或一句中炼一字，或一句中炼两字，下笔之时，须要加意推敲。兹试略举各例于后，句旁有·者，则为所炼字之符号也。

五言炼第二字

海暗三山雨　　竹喧归浣女
花明五岭春　　莲动下渔舟

花妥莺捎蝶　　气蒸云梦泽
溪喧獭趁鱼　　波撼岳阳城

五言炼第三字

山势雄三辅　　泉声咽危石
关门扼九州　　日色冷青松

江月随人影　　青山横北郭
山花趁马蹄　　白水绕东城

五言炼第五字

晓月临窗近　　草生公府静
天河入户低　　花落讼庭闲

香雾云鬟湿　　翠屏千仞合
清辉玉臂寒　　丹嶂五丁开

五言炼第二、第五字

溪冷泉声苦　　潮平两岸阔
山空木叶干　　风正一帆悬

日落江湖白　　草枯鹰眼疾
潮来天地青　　雪尽马蹄轻

七言炼第二字

山入白楼沙苑暮　　日斜江上孤帆影
潮生沧海野塘春　　草绿湖南万里情

路绕寒山人独去　　燕知社日辞巢去
月临秋水雁空惊　　菊为重阳冒雨开

七言炼第五字

花径不曾缘客扫　　江间波浪兼天涌
蓬门今始为君开　　塞上风云接地阴

疲马山中愁日晚　　珠簾绣柱围黄鹄
孤舟江上畏春寒　　锦缆牙樯起白鸥

七言炼第七字
春水船如天上坐　　青枫江上孤帆远
老年花似雾中看　　白帝城边古木疏

三顾频烦天下计　　匡衡抗疏功名薄
两朝开济老臣心　　刘向传经心事违

七言炼第二、第五字
雪霁山门迎瑞日　　鱼含月影随云动
云开水殿候飞龙　　鸟吐花声寄树闲

永忆江湖归白发　　湖添水际消残雪
欲回天地入扁舟　　江送潮头涌漫波

研究造句法

积字而成句,积句而成诗,句之妥洽与否,诗之工拙判焉。故欲学作诗,必先学造句。造句之法,不仅属对工整、炼字稳妥而已也,必使全句轻灵流动,绝不板滞方佳。至于唐人诗句,各有胜处,苟非勤于习诵,断不能摹仿其万一。兹将五言、七言之种种句法,略举于下。

五言上一下四字句

犬迎曾宿客　　青惜峰峦过
鸦护落巢儿　　黄知橘柚来

绿奔川内水　　地犹鄸氏邑
红落过墙花　　宅即鲁王宫

五言上二下三字句

野人相问姓　　正有高堂宴
山鸟自呼名　　能忘迟暮心

晚凉看洗马　　客路青山下
森木乱鸣蝉　　行舟绿水前

五言上三下二字句

松风吹解带　　夜郎溪日暖
山月照弹琴　　白帝峡风寒

五言上四下一字句

晓月临窗近　　薜萝山径入
天河入户低　　荷芰水亭开

山从人面起　　风连西极动
云傍马头生　　月过北庭寒

五言一句三顿折句

尘中老尽力　　人烟寒橘柚
岁晚病伤心　　秋色老梧桐

七言上一下六字句

花迎剑佩星初落　　山动将崩未崩石
柳拂旌旗露未干　　松浮欲尽不尽云

七言上二下五字句

有时三点两点雨　　朝罢香烟携满袖
到处十枝九枝花　　诗成珠玉在挥毫

七言上三下四字句

梦儿亭古传名谢　　渔入网集寒潭下
教妓楼新道姓苏　　估客舟随夜照来

七言上四下三字句

武帝祠前云欲散　　晴川历历汉阳树
仙人掌上雨初晴　　芳草萋萋鹦鹉洲

七言上五下二字句

青山只解磨今古　　五更鼓角声悲壮
流水何曾洗是非　　三峡星河影动摇

七言一句三顿折句

盘飧市远无兼味　　含风翠壁孤云纳
樽酒家贫只旧醅　　背日丹枫万木稠

研究点眼法

作诗点眼，犹之画龙点睛。诗无眼则佳处不见，龙无睛则神采皆失。故学诗者既知炼字造句矣，又不可不知点眼之法。眼要挺、要响，用实字则挺，用动字则响，全在下笔之时，细细揣摩。五言诗之点眼在第三字，七言诗之点眼在第五字。兹亦用·之符号，加于每句点眼字旁，俾学者一望而知。举例如左。

五言点实字眼

山店云迎客　　绿垂风折笋
江村犬吠船　　红绽雨肥梅

野径云俱黑　　感时花溅泪
江船火独明　　恨别鸟惊心

五言点动字眼

日气含残雨　　拨云寻古道
云阴送晚雷　　倚石听流泉

杨柳梳烟碧　　白沙留月色
荼蘼架雪香　　绿竹助秋声

七言点实字眼

才是寝园春荐后　　风传鼓角霜侵戟
非关御苑鸟衔残　　云卷笙歌月上楼

杨柳风多潮未落　　东岩月在僧初定
蒹葭霜冷雁初飞　　南浦花残客未回

七言点动字眼

金阙晓钟开万户　　波漂菰米沉云黑
玉阶仙仗拥千官　　露冷莲房坠粉红

平地风烟横白鸟　　莺传旧语娇春日
半山云木卷苍藤　　花整晨妆对晓风

指示正格法

五言律绝与七言律绝,均有平起、仄起,及押韵、不押韵之别,前已详言之矣。然其中又有三法,一曰反,如上句系平平起,而下句系仄仄起,上句系仄仄起,而下句系平平起是也;一曰黏,如上句系平平起,而下句亦平平起,上句系仄仄起,而下句亦仄仄起是也;一曰应,如五言首句押韵者,为"仄仄仄平平",或"平平仄仄平",七言首句押韵者，为"仄仄平平仄仄平"，或"平平仄仄仄平平"，而末句之平仄，与首句相同是也。凡合乎此等平仄者，皆谓之正格。兹将《唐诗三百首》中，选录五言律绝、七言律绝各二首于下。

山居秋暝　　王维

空山新雨后，天气晚来秋。
○○○×× ◐×××○○

明月松间照，清泉石上流。
◐×○○× ○○××○

竹喧归浣女，莲动下渔舟。
◐○○×× ◐××○○

随意寻芳歇，王孙自可留。
◐×○○× ○○××○

右为五律之合于平起者。

渡荆门送别　　李白

渡远荆门外，来从楚国游。
××○○× ○○××○

山随平野尽，江入大荒流。
○○○×× ◐××○○

月下飞天镜，云生结海楼。
××○○× ○○××○

仍怜故乡水，万里送行舟。
○○×◐× ×××○○

右为五律之合于仄起者。

听筝　　李端

鸣筝金粟柱，素手玉房前。
○○○×× ×××○○

欲得周郎顾，时时误拂絃。
××○○× ○○×○

右为五绝之合于平起者。

登鹳雀楼　　王之涣

白日依山尽，黄河入海流。
××○○× ○○××○

欲穷千里目，更上一层楼。
◐○○×× ×××○○

右为五绝之合于仄起者。

望蓟门　　祖咏

燕台一去客心惊，笳鼓喧喧汉将营。
◐○×××○○ ◐○○○××○

万里寒光生积雪，三边曙色动危旌。
××○○○×× ○○××××○

沙场烽火侵胡月，海畔云山拥蓟城。
○○◐××○× ×××○◐×○

少小虽非投笔吏，论功还欲请长缨。
××○○○×× ◐○◐××○○

右为七律之合于平起者。

蜀相　　杜甫

丞相祠堂何处寻，锦官城外柏森森。
◑×○○◑×○　　◑○◑×××○

映阶碧草自春色，隔叶黄鹂空好音。
◐○◑×◐○×　　××○○◑×○

三顾频烦天下计，两朝开济老臣心。
◑×○○○×◑　　◐○◑×◑○○

出师未捷身先死，长使英雄泪满襟。
◐○◑×○○×　　◑×○○◑×○

右为七律之合于仄起者。

泊秦淮　　杜牧

烟笼寒水月笼沙，夜泊秦淮近酒家。
○○◑××○○　　××○○◑×○

商女不知亡国恨，隔江犹唱后庭花。
◑×◐○○××　　◑○○×◑○○

右为七绝之合于平起者。

贾生　　李商隐

宣室求贤访逐臣，贾生才调更无伦。
◑×○○××○　　◐○◑××○○

可怜夜半虚前席，不问苍生问鬼神。
◐○×××○×　　◐×○○×××

右为七绝之合于仄起者。

指示拗句法

昔人谈诗，有"一三五不论，二四六分明"之说。所谓"不论"者，盖言五言律绝中之第一、第三字，七言律绝中之第一、第三、第五字，平仄可以通用，非可任意为之，而不必讲究也。今人误作"不拘"之解，则为害匪浅。而不知五言律绝中之第一字，或可通用，其第三字则万不能通用；七言律绝中之第一、第三字，或可通用，其第五字则万不能通用。且如五言律绝中之"平平仄仄平"句，即第三字亦不能通用。此等不论平仄之句，谓之拗句，前人非学到功深，神而明之者，断不出此。兹试将唐诗中拗句之最奇特者，选录一首如左。

黄鹤楼　崔颢

昔人已乘黄鹤去，此地空馀黄鹤楼。
◐○××○×　××○○××○

黄鹤一去不复返，白云千载空悠悠。
◐×◐◐◐××　◐○◐×○○○

晴川历历汉阳树，芳草萋萋鹦鹉洲。
○○××◐○×　◐○○○××○

日暮乡关何处是，烟波江上使人愁。
××○○○××　○○◐×××○

指示变体法

五言、七言句之近体诗，不论平起仄起，均有一定不易之例，（见前五律、七律平起、仄起各法。）反是者即谓之变体。变体之诗，出于作者一时之差误，要不可认为定格。

兹特选录唐诗中七律、七绝之变体各一首,俾初学作诗者,不致轻蹈此病也。

登金陵凤凰台　　李白

凤凰台上凤凰游,凤去台空江自流。
吴宫花草埋幽径,晋代衣冠成古丘。
三山半落青天外,二水中分白鹭洲。
总为浮云能蔽日,长安不见使人愁。

右诗第一联与第二联之平仄重复,名曰"顺风调",为七律中之变体也。

赠别　　王维

渭城朝雨浥轻尘,客舍青青柳色新。
劝君更尽一杯酒,西出阳关无故人。

右诗第三句之平仄,与第二句应黏而反,是为七绝中之变体也。

章　法

起笔突兀法

作诗起笔，有明起、暗起、陪起、反起之别。明起者，开口即就题之正意说起，虽明见题字，然不得谓之骂题；暗起者，不就题面说，而题意自见；陪起者，先借他物说起，以引伸所咏之物；反起者，不说题之正面，而先从题之反面着笔。学者明此诸法，起笔时尤以来势突兀为胜，若一涉平淡，便觉句法不挺矣。兹录唐诗得力在起两句之一首于下，以便学诗者有所取法焉。

和晋陵陆丞相早春游望 以下五律　　杜审言

独有宦游人，偏惊物候新。
云霞出海曙，梅柳渡江春。
淑气催黄鸟，晴光转绿蘋。
忽闻歌古调，归思欲沾巾。

右诗首句拈出"独有"二字，次句便以"惊"字作衬，有登高一呼之概。

承笔衔接法

律诗以第二联为承笔,或写意,或写景,要与上联起笔衔接,不可松泛。起笔一联,仅浑括大概;点醒题意,全在此联,且须留有馀不尽之意,以开下文转笔一联。兹录唐诗中第二联最警切之一首,以飨读者,俾知醒题之法也。

军中闻笛　　张巡

岧峣试一临,虏骑附城阴。
不辨风尘色,安知天地心。
门闲边月近,战苦阵云深。
旦夕更楼上,遥闻横笛声。

右诗第三、四句写军中情状,紧接上句看见虏骑之悲感,而全题之用意醒矣。

转笔呼应法

转者,就承笔之意,转捩以言之也。其法有三,一、进一层转;二、推一层转;三、反转。总以能与前后相呼应,活而不板者为佳。唐诗之注重转笔而上下一气者,当推杜甫《春望》一首。兹特选录于下,非学到功深者,断难揣摩其万一。

春望　　杜甫

国破山河在，城春草木深。

感时花溅泪，恨别鸟惊心。

烽火连三月，家书抵万金。

白头搔更短，浑欲不胜簪。

右诗第五句言兵祸之久，第六句言乡信之重，是全诗最着力处，而于首句写乱后景象，末句自伤衰老，通体均相应也。

合笔结束法

"合"者，结束全诗，俾有下落也。或开一步，或放一句，总以言有尽而意无穷者为佳构。唐诗中合笔之足以惊人而传诵一时者，首推刘禹锡之《蜀先主庙》诗。兹亦照录于后，以为学者之模范。

蜀先主庙　　刘禹锡

天地英雄气，千秋尚懔然。

势分三足鼎，业复五铢钱。

得相能开国，生儿不象贤。

凄凉蜀故妓，来舞魏宫前。

右诗结句言蜀妓凄凉，不言蜀灭，而蜀灭之意自在其中。以此结束全题，真觉馀韵悠然，有缥缈欲仙之致。

因人述事法

作诗所以传人,非传其人,传其事也。但记述事情,须写得雄壮而不寒酸,方见其人身分之大、志气之高。此种笔致,不可多得,兹特选录唐诗一首于左。

送李中丞归汉阳别业　　刘长卿

流落征南将,曾驱十万师。
罢归无旧业,老去恋明时。
独立三边静,轻生一剑知。
茫茫江汉上,日暮欲何之。

右诗第一联倒写盛时,第三联一句写其旧功,一句写其壮志,明虽述事,而其人则因此传矣。

因地记游法

记游之诗,或述山川,或详风土,宜翔实而不浮泛,宜洒脱而不黏附,方为上乘。此种记述之法,唐诗中以李白《送友人入蜀》一首为最佳,特录如下。

送友人入蜀　　李白

见说蚕丛路,崎岖不易行。

章法

山从人面起，云傍马头生。
芳树笼秦栈，春流绕蜀城。
升沉应已定，不必访君平。

右诗第二联，一句写对面，一句写旁边；第三联，一句写陆，一句写水。句句是记地，却句句是记游，洵为诗之入乎化境者。

因时点景法

四时之景不同，故诗家点景之法亦不同。但以冬、夏二时之景，与春、秋二时之景相较，则冬夏自然较少；而以夏令之景，与冬令之景相较，则尤以夏令为少。《唐诗三百首》中，惟杜审言《夏日过郑七山斋》一诗，写得极幽雅，极淡远，可为夏日点景诗中之杰构。兹特摘录于后。

夏日过郑七山斋　　杜审言

共有樽中好，言寻谷口来。
薜萝山径入，荷芰水亭开。
日气含残雨，云阴送晚雷。
洛阳钟鼓至，车马系迟回。

右诗第三句写薜萝，第四句写荷芰，都是点缀夏景，第五句写日、写雨，第六句写云、写雷，而夏日晚景，如在画图中矣。

因境抒情法

诗情皆由境而生，诗境即诗情也。作此等诗，不可太拘，太拘则滞；不可太浑，太浑则虚。须要来龙去脉，一气相生，方足以见诗情之真切。兹就《唐诗三百首》中，选录一首于左。

过故人庄　　孟浩然

故人具鸡黍，邀我至田家。
绿树村边合，青山郭外斜。
开轩面场圃，把酒话桑麻。
待到重阳日，还来就菊花。

右诗"田家"二字，为通体之眼，所谓诗境也。第二联是写庄外之境，第三联是写庄中之境，至于"合、斜、面、话"等字，皆诗情也。

起句相对法

绝诗只有四句，作五绝诗，只有二十字，苟不知炼句之法，则一写已尽，何能发挥题之真义乎？兹特选录唐诗中五绝之起句相对者一首于下，学者宜将所炼之句，熟读而细玩之。

逢雪宿芙蓉山主人 以下五绝　　刘长卿

日暮苍山远，天寒白屋贫。
柴门闻犬吠，风雪夜归人。

右诗第一、第二句，写将雪之兆，第三句写山家形景，直至末句方点出"雪"字，而寄宿之意，已尽在其中矣。

收句相对法

五绝收句，是全题最扼重处，宜清劲淡远，有馀音不绝之概。若用对句，则字字有力，全诗便觉挺而且响矣。兹亦就唐诗中选录一首于后，学者可依此摹仿也。

宿建德江　　孟浩然

移舟泊烟渚，日暮客愁新。
野旷天低树，江清月近人。

右诗第一句写地，第二句写时，题中"宿"意已明；第三句写岸上之景，第四句写水中之景，江流如画，情景逼真。

通体拗句法

拗句之诗，不论平仄，较谐平仄者为难。前已指示此法，并举七律一首为例。而五绝则句短字少，更不能轻易着笔,且亦须有曲折、有寄托,方为合法。唐诗五绝中通体用拗句者,数见不鲜,惟刘长卿《弹琴》一首,馀味深长,真令人百读不厌。兹录如左,以备学诗者之一格。

弹琴　　刘长卿

泠泠七弦上,静听松风寒。
古调虽自爱,今人多不弹。

右诗第一句就题面暗起,第二句拍到琴调,第三句承上句作转,第四句明点"弹"字,而言外有世无知音之叹,全诗之主意在此。

通体仄韵法

五绝诗用仄韵,较之押平韵者,尤觉清劲古朴,故唐人多喜用之。兹录柳宗元《江雪》一首于左,真五绝中之杰作也。

江雪　　柳宗元

千山鸟飞绝,万经人踪灭。
孤舟蓑笠翁,独钓寒江雪。

右诗第一、二两句,暗点题意,第三句写江边之景,第四句方点出"江雪"二字。所用"绝"、"灭"等字,何等有力。

通体写情法

写情之诗,宜曲折,宜圆到,不可徒饰外观,而真意全未达出。盖写情难于写景,非善于言情者,必不足以达之。今特选录唐诗中通体写情之诗一首,学者可奉为金科玉律也。

客至　　杜甫

舍南舍北皆春水,但见群鸥日日来。
花径不曾缘客扫,蓬门今始为君开。
盘飧市远无兼味,樽酒家贫只旧醅。
肯与邻翁相对饮,隔篱呼取尽馀杯。

右诗第一联以鸥来引客至,而第二联一句纵、一句擒,是正写客至也,第三联写款客之情,第四联想到邻翁作陪,情外有情,的是写情圣手。

通体写景法

写景之诗,贵有层次,有结束;否则叠床架屋,徒见其铺排而索然无味耳。初学作诗者,每易蹈此弊病。兹特就《唐诗三百首》中,选录通体写景之诗一首,俾学者有所取资焉。

和贾至舍人早朝大明宫之作　　岑参

鸡鸣紫陌曙光寒，莺啭皇州春色阑。

金阙晓钟开万户，玉阶仙仗拥千官。

花迎剑佩星初落，柳拂旌旗露未干。

独有凤凰池上客，阳春一曲和皆难。

右诗全在"早朝"二字写景，首联一句写出门、一句写到城，早朝之意已见；第二联一句写近殿未朝时，一句写到殿已朝时；第三联写早朝早退之景，层次何等井然；末联才拍到和诗本意，以此结束，饶有趣味。

分写情景法

写情宜缠绵悱恻，写景宜蕴藉冲和，二者兼而有之，写来又须分明，方堪推为绝唱。《唐诗三百首》中，合乎此等作法者，当以杜甫《登高》一诗为最。今录如下，学者宜细细玩之。

登高　　杜甫

风急天高猿啸哀，渚清沙白鸟飞回。

无边落木萧萧下，不尽长江滚滚来。

万里悲秋常作客，百年多病独登台。

艰难苦恨繁霜鬓，潦倒新亭浊酒杯。

右诗第一句写山中所闻，第二句写水上所见，第三句承第一句之"风急",第四句承第二句之"渚清",是写景也。第五、第六句写登高感触之情,一句横说,一句竖说;第七句顶第五句之"作客",第八句顶第六句之"多病",是写情也。章法、句法,虽分而仍完密异常。

合写情景法

情景分写之诗,既见上述矣。然或景中有情,或情中有景,不能分写,只能合写者,虽则浑括一气,而仍须分析清楚。兹特就唐诗中选录一首于左,学者不可不悉心体会也。

登柳州城楼寄漳汀封连四州刺史　　柳宗元

城上高楼接大荒,海天愁思正茫茫。
惊风乱飐芙蓉水,密雨斜侵薜荔墙。
岭树重遮千里目,江流曲似九回肠。
共来百粤文身地,犹是音书滞一乡。

右诗首句从登楼说起,第二句便含寄"四州刺史"意;第三句写水,第四句写陆,所谓景中有情也。第五句言陆路望四州不见,第六句言水路思四州无已;末两句揭清寄四州刺史本意,所谓情中有景也。写来亦融洽,亦分明,诚为情景兼到之作也。

明咏物情法

何谓明咏？起句即点醒题面，以下句句明写是也。咏物之诗，最忌浮泛或俚俗，须以切实幽雅为佳。唐诗中杜甫《黑鹰》一首，为明咏物情之杰作，今特摘录如下，学者宜反复而玩诵之。

黑鹰　　杜甫

黑鹰不省人间有，渡海疑从北极来。
正翮抟风超紫塞，玄冬几夜宿阳台。
虞罗自觉虚施巧，春雁同归必见猜。
万里寒空只一日，金眸玉爪不凡材。

右诗起句便点出黑鹰，所谓明咏也；第二句"北极"是黑，第三句以"紫"字映黑字，第四句"玄冬"亦是黑；第五句虚写，第六句实写，末句以"金、玉"二字，再衬"黑"字，而黑鹰之体格，跃然纸上矣。

暗咏物情法

何谓暗咏？通体不点破题面，而但浑写物情是也。然须有曲笔以达之，有深意以衬之，使人不见此题，一望而知便是此题，方为合格。唐诗中郑谷《鹧鸪》一首，最合暗咏物情之法,爰录于后,以资揣摩。

鹧鸪　　郑谷

暖戏烟芜锦翼齐,品流应得近山鸡。
雨昏青草湖边过,花落黄陵庙里啼。
游子乍闻征袖湿,佳人才唱翠眉低。
相呼相唤汀江曲,苦竹丛生春日西。

右诗第一句写鹧鸪之形,第二句写鹧鸪之品;第三句言见其过,第四句言闻其啼;第五、第六句从"啼"字生出游子、佳人两意,感人极深;末两句为鹧鸪写照,却到底无鹧鸪题字。此境非常人所能学到也。

抚今怀古法

过去为古,现在为今;即古即今,亦今亦古。此等诗须写得又缠绵、又感慨,使人读之,有俯仰古今、悠然神往之概,方为上乘。兹特选录唐诗七律一首于下,俾学者可以玩索也。

至日遣兴奉寄北省旧阁老两院故人　　杜甫

忆昨逍遥供奉班,去年今日侍龙颜。
麒麟不动炉烟上,孔雀徐开扇影还。
玉几由来天北极,朱衣只在殿中间。

孤臣此日肠堪断，愁对寒云雪满山。

右诗首联从去年说起，而着力全在一"忆"字；第二联追述去年朝仪之盛；第三联一句是虚写，一句是实写；末联方拍到此日，由今怀古，无限凄凉。

寓意托兴法

寓意托兴之诗，用笔贵委曲而不率直，立意贵幽远而不浅近，明知所遇之景物，与所蓄之意兴，两不相关，而一经感触，便当息息相通。兹特就唐诗中，择录合乎此法者之一首于左，学者可以意会得之。

曲江对雨　　杜甫

城上春云覆苑墙，江亭晚色静年芳。
林花着雨胭脂湿，水荇牵风翠带长。
龙武新军深驻辇，芙蓉别殿漫焚香。
何时诏此金钱会，暂醉佳人锦瑟傍。

右诗前半首写江上雨景，后半首写南内凄凉，末句借佳人作结，令人无限低徊。

颂中寓讽法

婉而多讽，诗人忠厚之道也。后世阿谀之风日甚，作诗者但知献媚、避忌，而诗之品格，亦每况愈下矣。兹特选录唐诗中张谓之《杜侍御送贡物戏赠》一首，深情微旨，亦婉亦严，深得"三百篇"之遗意也。

杜侍御送贡物戏赠　　张谓

铜柱珠崖道路难，伏波横海旧登坛。
越人自贡珊瑚树，汉使徒劳獬豸冠。
疲马山中愁日晚，孤舟江上畏春寒。
由来此货称难得，多恐君王不忍看。

右诗起句言道路之远，第二句言产物之地；第三句折入"贡"字，第四句写一"劳"字，而讽意已寓乎其中；第五、第六句正写路远送物之苦；结句"不忍看"三字，古人所谓"婉而多讽，诵不忘规"者，庶几近之。

褒中有刺法

一诗之中，或褒或刺，岂非自相矛盾？不知所谓褒者，或褒其人之勋绩，或褒其人之际遇；所谓刺者，或刺朝廷之昏乱，或刺时势之难为。兹录唐诗中李郢之《上裴晋公》一首，虽则寓刺于褒，实则褒自褒而刺自刺，读者不可不辨别也。

上裴晋公　　李郢

四朝忧国鬓成丝，龙马精神海鹤姿。
天上玉书传诏夜，殿前金甲受降时。
曾经庾亮三更月，下尽羊昙一局棋。
惆怅旧堂扃绿野，夕阳无限鸟飞迟。

右诗首联直写晋公，第二联褒其功，第三联褒其度，末联刺朝廷不用老臣，语意仍含蓄不露，不愧诗中老手。

参间虚实法

咏物之诗，须要虚实相间，不有虚笔，即无灵气；不有实笔，即无真意。但虚则不可空泛，实又不可呆滞。此法在唐诗中，当推杜牧《早雁》一首为最佳，今录如下，学者可奉为规矩矣。

早雁　　杜牧

金河秋半虏弦开，云外惊飞四散哀。
仙掌月明孤影遇，长门灯暗数声来。
须知胡骑纷纷在，岂逐春风一一回。
莫厌潇湘少人处，水多菰米岸莓苔。

右诗起二句但言雁来，第三句言影，第四句言声，是谓实写法；第五句借胡骑作陪，第六句以春风作衬，是谓虚写法；结句暗写雁去，而"早"字之意已见，真是神来之笔也。

判别深浅法

作诗须有层次,而用于咏情之诗,尤当由浅入深,层层推进,方与格律相合;否则杂乱成章,徒见其枝枝节节也。兹录唐诗中李颀《送魏万之京》一首,上下一气呵成,有悠然不尽之趣,非善于言情者不办。

送魏万之京　　李颀

朝闻游子唱离歌,昨夜微霜初渡河。
鸿雁不堪愁里听,云山况是客中过。
关城树色催寒近,御苑砧声向晚多。
莫见长安行乐处,空令岁月易蹉跎。

右诗起句即点明送别之意,第二句写秋景;第三句言路中所闻,第四言路中所见,是浅一层;第五句言入关时所见,第六句言到京后所闻,是深一层;末两句"长安"二句[字],点明之京,而良友箴规之意,妙在言外得之。

顺点题面法

题面之字,最好不顺点,顺点则非落于平,即近于板。《唐诗三百首》中，惟张旭《桃花溪》诗一绝，虽则题面三字，顺次点出，然而宛转赴题，并不见其率直之弊。兹录如下，读者亦可举以学步也。

桃花溪　　张旭

隐隐飞桥隔野烟，石矶西畔问渔船；
桃花尽日随流水，洞在清溪何处边？

右诗起句写溪畔远景，第二句借渔船一问，通体便觉灵动异常；第三句点明桃花，顶上句"问"字之意；第四句点明"溪"字，仍应"问"字口吻，妙在有悠然不尽之趣。

反托题意法

诗有题之正面难写者，不得不于反面求之。盖从反面托出，较之正面，意味倍深也。唐诗中能合此法者，当推王维《九月九日忆山中兄弟》一首，今录于左，学者最宜摹仿也。

九月九日忆山中兄弟　　王维

独在异乡为异客，每逢佳节倍思亲。
遥知兄弟登高处，遍插茱萸少一人。

右诗题意全在一"忆"字，首句言作客异乡，便含

"忆"字之意;第二句"思亲"二字,"忆"字已暗暗点明;第三、四句从对面兄弟忆己,反托己之忆兄弟,诗境真出神入化矣。

侧衬题意法

题意有不能从正面直写者,须在侧面以衬笔写之。或用人衬,或用物衬,要必用之得法。兹择唐诗中王昌龄之《春宫曲》一绝,摘录于后,学者不可不细细体会也。

春宫曲　　王昌龄

昨夜风开露井桃,未央前殿月轮高。
平阳歌舞新承宠,帘外春寒赐锦袍。

右诗着力全在第三句,所谓用人作衬也。第一句言桃开,藉喻新宠;第二句言月轮,承上"夜"字;第三、四句言平阳有宠,而己之失宠,尽在言外矣。

空翻题意法

作诗实写则易落板滞,空翻则自见灵动。翻腾之势愈空,题中之意愈透。但不能一味空翻,与题绝不相关,而近于浮泛也。唐诗中韩愈《春雪》一首,可谓极空翻之能事矣,兹录如左,以飨学者。

春雪　韩愈

新年都未有芳华，二月初惊见草芽。
白雪却嫌春色晚，故穿庭树作飞花。

右诗第一句从"春"字着意翻起，何等飘逸；第二句点醒"春"字之意；第三、四句抟成一气。苟非起处蓄势翻空，收处之题意，何能有如是之清醒耶？

借物兴感法

作诗随地可以兴感，然非借物不可。借物则飘逸而不黏滞，超脱而不肤泛。唐诗中王昌龄之《长信怨》，即为借物兴感之一，兹录如下，学者得此，宜熟读而深思之。

长信怨　王昌龄

奉帚平明金殿开，且将团扇暂徘徊。
玉颜不及寒鸦色，犹带昭阳日影来。

右诗起句写宫中晓景，第二句借团扇喻己之失宠，第三句借鸦反衬自己，第四句借鸦之带日，反托己之失宠，皆所谓借物兴感也，而"怨"字之意，却含蓄不露，情致何等宛转。

触景生情法

景无一定,情亦无一定,故触景可以生情。作此等诗,下笔须要灵活,不脱不黏,方为上乘。兹录唐诗中王昌龄之《闺怨》一绝,隽快绝伦,真妙到毫巅之作也。

闺怨　　王昌龄

闺中少妇不知愁,春日凝妆上翠楼。
忽见陌头杨柳色,悔教夫婿觅封侯。

右诗首句从闺妇说起,而"不知愁"三字,正为转句作逼势;第二句承上"不知愁"来,第三句转出"忽见"二字,正是触景生情之法;末句勒到"怨"字,馀味深长。

首尾相贯法

一诗之中,或有寄托,或有刻划,往往不能一气相生。初学作诗,尤易蹈此弊病。唐诗中惟司空曙《江村即事》一首,首尾一意相贯,精神异常饱满。今录如下,学者能解此法,则于作诗之道,思过半矣。

江村即事　　司空曙

罢钓归来不系船,江村月落正堪眠。

纵然一夜风飘去，只在芦花浅水边。

右诗着眼，全在"不系船"三字，故起句即提出正意；第二句点明"江村"，第三句一开，第四句一合，而"不系船"三字之意，便首尾相贯矣。

前后相应法

作诗须有来龙去脉，起笔收笔，前后呼应，方为合格；且须层次分明，何处从题前着想，何处从题后下笔，一气写来，自然语语入神。唐诗中能解此法者，当推岑参《逢入京使》一首，爰录于左，俾学者可以得此而自悟也。

逢入京使　　岑参

故园东望路漫漫，双袖龙钟泪不干。
马上相逢无纸笔，凭君传语报平安。

右诗起两句是题之前一层，第三句点明"逢"字正意，末句是题之后一层。立意既极警策，措语又极恳挚，固不仅以层次胜也。

规 则

考订四则法

何谓"四则"？一曰字、二曰句、三曰格、四曰法是也。学诗之有四则，犹大匠之有规矩。因规以成圆，因矩以成方，是万古不易之常道，作诗亦何独不然？否则为拗句，为变体，不得谓之正格矣。故学者须先明四则，然后乃有进步，而文人学士，虽具出类拔萃之才智，亦断难越此范围焉。今试分析言之如下。

字 诗中用字，一毫不可苟且，倘一字不雅，则一句不工；一句不工，则全诗皆废矣。故字贵圆活善用，如转枢机；清新自然，如瞻佩玉。

句 作诗最重句法，一句不妥，则全诗皆弱；一句不炼，则全诗皆涣。盖以一诗之中，妙在一句为诗之根本，根本不凡，则枝叶自茂。故欲全诗有精采，句法不可不讲究也。

格 诗之品格有九，曰高，曰古，曰深，曰远，曰长，曰雄浑，曰飘逸，曰悲壮，曰凄婉。学诗第一要义，诗格须求高尚，所谓"以汉魏晋盛唐为师，不作开元天宝以下人物"是也。若念头一差，势必愈骛〔鹜〕愈远，故曰"取法乎上，仅得其中；取法乎中，斯为下矣"。

法 作诗之法，不论律绝，先须除去五俗，一除俗体，二除俗意，三除俗句，四除俗字，五除俗韵。至于古体今制之别，精朴深浅之殊，贵乎各求其似，汉晋高古、盛唐风流、西昆秾冶、晚唐叶藻、宋氏乖缪等类。若将自己之诗，置诸古人诗中，识者不能辨别其真伪，斯可耳。

领会四体法

诗必有所为而作。所为者何？即喜、怒、哀、乐之四体也。喜而得之则其辞丽，怒而得之则其辞愤，哀而得之则其辞伤，乐而得之则其辞逸，是谓"四得"。反是而失之大喜则其辞放，失之大怒则其辞躁，失之大哀则其辞惨，失之大乐则其辞荡，是为"四失"。取得失而比较之，而诗之体用判焉。兹特举例于下。

诗之丽者 如"有时三点两点雨，到处十枝九枝花"等句是也。

诗之愤者 如"颠狂柳絮随风舞，轻薄桃花逐水流"等句是也。

诗之伤者 如"泪流襟上血，发变镜中丝"等句是也。

诗之逸者 如"谁家绿酒欢连夜,何处红妆睡到明"等句是也。

诗之放者 如"春风得意马蹄疾,一日看遍长安花"等句是也。

诗之躁者 如"解通银汉终须曲,才出昆仑便不清"等句是也。

诗之惨者 如"主客夜呻吟,痛入妻子心"等句是也。

诗之荡者 如"骤然始散东城外,倏忽还逢南陌头"等句是也。

相准题意法

作诗先贵相准题意,有宜含蓄者,则语当浑厚;有宜豪放者,则语当显豁;有宜庄重者,则语当雄壮;有宜轻灵者,则语当圆活。相题既准,斯所作之诗,亲切而有味;否则便如隔靴搔痒,虽极句斟字酌,而与诗之正意,难免有格不相入之病。兹再举例如左。

题有显贵意者 如岑参《和贾至舍人早朝》诗:"花迎剑佩星初落,柳拂旌旗露未干。"

题有隐逸意者 如黄滔《隐居》诗:"纱帽隐囊谈旧事,断琴枯砚识前朝。"

题有神仙意者 如杨廷选《过葛岭》诗："高崖树古丹霞晕,仄径苔深白雨飞。"

题有方外意者 如贾岛《题天竺灵隐寺》诗："山钟野渡空江水,汀月寒生古石楼。"

题有闾阎意者 如杜甫《野老》诗："渔人网集澄潭下,贾客船随返照来。"

题有闺壶意者 如薛逢《宫词》："云髻罢梳还对镜,罗衣欲换更添香。"

采择材料法

学诗初步,宜采取前人名作,以为作诗之材料。所谓"材"者,即天、地、人、物诸故事是。而此等故事,散在群书,非可临颖翻阅而得也,贵乎有以择而储之。储之之道无他,先将《诗经》三百篇,朝夕诵读,以立骨格。盖《诗经》之材料最富,无美不臻,无体不备,如"薄伐猃狁,与子同仇"诸章,乃塞上之体也;"彼黍离离,旄邱之葛"诸章,乃弔古之体也;"桧楫松舟,皎皎白驹"诸章,乃纪行之体也;其他《关雎》、《葛覃》为宫词体,《妇叹于室》为闺怨体,可以取为诗料者,不胜枚举。故后世各大诗家,莫不胚胎于此。

继《诗经》而起者,厥为《离骚》。《离骚》二十五篇,多侘傺抑郁之音,然托辞引喻,韵味深长,于烦乱瞀扰之中，具悱恻缠绵之旨。故欲取资料于《诗经》之后，舍《离骚》无由焉。《离骚》之后，则有汉诗，如韦孟讽谏之作，《房中》、《郊祀》之篇，气质古茂，直欲追踪"二雅"；他若《秋风辞》之婉丽，《瓠子歌》之浑厚，《河梁咏别》之神韵悠远，《饮马长城窟》之情意宛转，皆为汉诗之冠，而可采择者也。

汉代以降，去古未远，晋初如潘岳之《关中》诗，太冲之《咏史》诗，嗣宗之《咏怀》诗，刘琨之《答卢湛》诗，皆为一朝名作；而子建多才，更五色相宣、八音朗畅，足以上继苏李、下开百代；至若渊明，则清悠淡永，别有自然之致，此皆晋诗之可取材者也。

唐承陈、隋之后，诗道大振。如玄宗之《幸蜀西至剑门》诸作，雄健有力，风裁峻整；张说之七古，张九龄之五古，亦浑雄醇厚，足以扶翼正声。他如王维、岑参、孟浩然、王昌龄辈，先后继起，各有专长。迨后杜少陵崛起，上薄葩经，下赅宋元，掩颜谢之孤高，杂徐庾之流丽，尽得古今之体格，而为诗中集成之圣；同时又有李太白，出入风骚，祖尚魏晋，故后人云言唐代诗家者，必以李杜并称。徐如韩愈之骇怪，李贺之奇诡，刘梦得之淡远，柳子厚之苍劲，杜牧之健响，李义山之幽艳，温飞卿之清丽，贾阆仙之洁炼，以及大历十才子等，靡不遵守家法。此皆唐诗之可取材者也。

宋代诗家，分为三派，王禹偁学《长庆》，是为白体；

寇准、林逋辈师晚唐,是为晚唐体;杨亿、刘筠等宗李义山,是为西昆体。至欧阳公出,一变而为太白、昌黎之诗;及苏东坡、黄山谷出,又一变而为少陵之诗。南渡而后,以杨万里、陆放翁、尤袤、范成大四家为最著。此又宋诗之可取材者。

其馀则等诸自郐以下,不足为学诗者法也。

辨别体格法

律诗正格,八句成章。一、二句为首联,可对可不对;三、四句为颔联,不能不对;五、六句为颈联,亦不能不对;七、八句为结联,则亦可对可不对。然正格之外,又有变格,唐以来均盛行之。但初学作诗,总以正格为是。若不注重体格,谬托古人变格之说,好高骛远,随意吟咏,势必不能形似,而贻"画虎不成"之诮。兹特将律诗中各种变格,分别言之于左,学者不可不细辨也。

拗体格　对偶与正格相同,但句中平仄,不似正格之稳顺,即所谓拗句是也。

偷春格　第一联对,第二联不对。是将第二联换向第一联,犹之梅花在冬,偷春色而先开也,故云。

借对格　又谓之假对格,借同音之字作对。如"厨人具鸡黍,稚子摘杨(借杨为羊)梅"之类。

交股对格　如"春深叶密花枝少,睡起茶多酒盏疏"二句,"密"与"多"对,"少"与"疏"对,是上下交股对也。

隔句遥对格　又谓之隔扇对格。如郑谷《弔僧》诗之前半首云:"几思闻静语,夜雨对禅床。未得重相见,秋灯照影堂。"第四句与第二句遥对也。

八句全对格　始于初唐,如李峤《主家山第》诗之类。

八句全不对格　如孟浩然"挂席东南望"诗之类。

五六句对馀全不对格　如贾岛"下第惟空囊"诗,及李白"鹦鹉来过吴江水"诗之类。

审叶音调法

作诗不论正格、变格,皆有天然音节,所谓"天籁"也。自"一三五不论,二四六分明"之说一倡,学者据此两语,而诗之音调,遂由此而乖矣。不知当时之为是言者,其注重全在下句,如云"就使一三五不论,而二四六则定要分明"也。试观宋唐以来诸大家,往往有平仄互换之句,其不敢轻易忽者,正此一三五之单字。盖调不叶则句不谐,句不谐则诗不佳,岂得谓诗之平仄,可以一字不论乎?

音律所始,本于人声;声含宫商,肇自血气。先王用之以作乐歌,乐八音皆诗,《诗》三百皆乐。诗既由乐而出,则诗中之平仄,自必审音而后叶。如桓伊吹笛,必经三弄;伯牙鼓琴,必合七絃。音调熟则诗句工,而生涩佶屈之弊,必一扫而空矣。

运用古事法

诗中运用古事,僻事须要实用,熟事须要虚用。王绩诗云:"眼看人尽醉,不忍独为醒",此即实用古事;杜甫诗云:"盖将短发还吹帽",此即虚用古事。又有翻案用法,如李白诗云:"升沉应已定,不必问君平"是也。此法运用之妙,全在有而若无、实而若虚,绝不见堆垛呆板之迹。昔王敬美言"善用古事者,勿为古事所使",亦此意也。

运用古事,最忌改窜失真。陆机《园蔬》诗云:"庇足同一智,生理合异端。"考葵能卫足,事讥鲍庄;葛藟庇根,辞出乐豫。若譬葛为葵,则引事实为荒谬;若谓庇胜卫,则改事失其本真。刘彦和责其不精,洵是确论。后人才不如陆,辄欲改易古事,其不至贻人笑柄者鲜矣,初学者宜慎之。

选定韵脚法

押韵之法,可分二种,一为限韵,由命题者选定一韵中某某数字,而令作诗者押之;一为选韵,由作诗者自择与题意相近之数字，而分别押之。二法之中，前者比较稍难，初学作诗，自以后者为宜。读者于练习造句之时，即可注意及此。而所选韵脚，贵响而且显，最好莫若押一字之韵脚，如"露从今夜白，月是故乡明"，又"山随平野尽，江入大荒流"，又"星临万户动，月傍九霄多"，又"水落鱼梁浅，天寒梦泽深"，又"绿树村边合，青山郭外斜"，又"香雾云鬟湿，清辉玉臂寒"，所押之"明"字、"流"字、"多"字、"深"字、"斜"字、"寒"字等，皆以一字而能点醒全句者，学者宜摹仿之。

亦有押二字韵脚者，俗又称"现成韵"，如"海日生残夜，江春入旧年"，又"烽火连三月，家书抵万金"，又"有弟皆分散，无家问死生"，又"泉声咽危石，日色冷青松"，又"感时花溅泪，恨别鸟惊心"，又"荒城临古渡，落日满秋山"，所押之"旧年"、"万金"、"死生"、"青松"、"惊心"、"秋山"等韵，皆取极连贯之两字，而可奉为楷模者也。

且有押三字韵脚者，亦取现成之字，如"地犹鄹氏邑，宅即鲁王宫"，又"气蒸云梦泽，波撼岳阳城"，又"猿啼洞庭树，人在木兰舟"，又"势分三足鼎，业复五铢钱"，所押之"鲁王宫"、"岳阳城"、"木兰舟"、"五铢钱"等三字韵脚，亦极连贯，而无可改易者。

此外又有倒押韵之一法，如"名岂文章著，官因老病休"，亦自成一格，且为押韵中之最上乘也。

讲求诵读法

谚云："熟读唐诗三百首，不会吟诗也会吟。"语虽浅显，实有至理存焉。盖学诗全在多读，多读则熟能生巧。但读者于声韵格调之间，苟不细细讲求，或读平为仄，或读仄为平，则读如未读，终必不能作诗；即能作矣，颠倒错乱、失黏出韵之弊，亦所难免，安得有工稳之诗耶？是故讲求之法，不在仅知诗之大义，尤宜于合读、分读、急读、缓读诸法，悉心体会。

所谓合读、急读者，并非不分句读、一气读完之谓，盖当诵读之时，于诗之理解及意境，既已心领神会，则声未至而神已往，自有欲罢不能之概。所谓分读、缓读者，并非隔绝上下、不顾全局之谓，不过于诗之凝炼处，略作停顿，曼声以出之是也。

至于读诗之次序，亦有先后之分：一、五言古体诗；二、七言古体诗；三、五言律绝诗；四、七言律绝诗。兹择唐诗中之合于正格，而为初学所不可不读者，分列其目次于下。

五言古诗

春思 李白　　　　　游子吟 孟郊

送别 王维　　　　　烈女操 孟郊

子夜歌 李白　　　关山月 李白
溪居 柳宗元　　　月下独酌 李白
塞上曲 王昌龄　　梦李白二首 杜甫
塞下曲 王昌龄　　赠卫八处士 杜甫
夕次盱眙县 韦应物　长干行 李白
长安遇冯著 韦应物

七言古诗

金陵酒肆留别 李白　　古从军行 李颀
渔翁 柳宗元　　　　洛阳女儿行 王维
长相思二首 李白　　将进酒 李白

五言律诗

经鲁祭孔子 玄宗　　　送友人 李白
望月怀远 张九龄　　　渡荆门送别 李白
杜少府之任蜀川 王勃　夜泊牛渚怀古 李白
次北固山下 王湾　　　春宿左省 杜甫
酬张少府 王维　　　　幸蜀西至剑阁 玄宗
山居秋暝 王维　　　　野望 王绩
过香积寺 王维　　　　夏日过郑七山斋 杜审言
临洞庭湖上张丞相 孟浩然　陆浑水亭 祖咏
早寒有怀 孟浩然　　　观猎 王维
过故人庄 孟浩然　　　闻笛 张巡

送裴侍御归上都 张谓　　宿洞庭 李端
初至犍为作 岑参　　　送从弟戴元往苏州 张籍
送友人入蜀 李白　　　夜泊旅望 白居易
春日忆李白 杜甫　　　宴散 白居易
春夜喜雨 杜甫　　　　梅雨 柳宗元
旅夜书怀 杜甫　　　　题韦应〔隐〕居西斋
春望 杜甫　　　　　　　许浑
客〔阁〕夜 杜甫　　　送李端 卢纶
过横山顾山人草堂　　　喜见外弟又言别 李益
　刘长卿　　　　　　春山月夜 于良史
咏史 戎昱　　　　　　送孔征士 权德舆

五言绝诗

登鹳雀楼 王之涣　　　听筝 李端
渡汉江 宋之问　　　　送卢秦卿 司空曙
江上梅 王适　　　　　春怨 金昌绪
南望楼 卢僎　　　　　江雪 柳宗元
鹿柴 王维　　　　　　行宫 王建
宿建德江 孟浩然　　　闺人赠远 王涯
敬亭独坐 李白　　　　春闺思 张仲素
归雁 杜甫　　　　　　宫词 张祜
逢雪宿芙蓉山主人 刘长卿　江楼 杜牧
塞下曲 卢纶　　　　　登乐游原 李商隐

班婕妤 *崔道融*　　　　哥舒歌 *西鄙人*

七言律诗

古意 *沈佺期*

敕赐百官樱桃 *王维*

行经华阴 *崔颢*

黄鹤楼 *崔颢*

望荆门 *祖咏*

送魏万之京 *李颀*

和贾至舍人早朝大明宫之作 *岑参*

九日登望仙台仍呈刘明府容 *崔曙*

杜侍御送贡物戏赠 *张谓*

登金陵凤凰台 *李白*

曲江对雨 *杜甫*

蜀相 *杜甫*

有客 *杜甫*

野人送朱樱 *杜甫*

客至 *杜甫*

秋兴八首 *杜甫*

过贾谊宅 *刘长卿*

赠别严士元 *刘长卿*

寄李儋元锡 *韦应物*

同温丹徒登万岁楼 *皇甫冉*

晚次鄂州 卢纶

别舍弟宗一 柳宗元

西塞山怀古 刘禹锡

寄和州刘使君 张籍

早秋寄题天竺灵隐寺 贾岛

寄乐天 元稹

庾楼晓望 白居易

馀杭形胜 白居易

杭州春望 白居易

九日齐安登高 杜牧

早雁 杜牧

安定城楼 李商隐

马嵬 李商隐

苏武庙 温庭筠

上裴晋公 李郢

游东湖王处士园林 刘威

七言绝诗

送元二使安西 王维

凉州词 王翰

殿前曲 王昌龄

长信秋词 王昌龄

除夜 高适

下江陵 李白

舟下荆门 李白

江南逢李龟年 杜甫

休日访友人不遇 韦应物

夜上受降城闻笛 李益

次潼关先寄张十二阁老 韩愈

石头城 刘禹锡

白云泉 白居易

晚春 元稹

雨霖铃 张祜

泊秦淮 杜牧

贾生 李商隐

瑶瑟怨 温庭筠

已凉 韩偓

金陵图 韦庄

陇西行 陈陶

分析次序法

学诗宜循序渐进，不可躐等而求。今试分析言之。其说有三，一曰先学韵文而后学诗，二曰先学古体而后学今体，三曰先学五言而后学七言。盖诗之与文，体虽异而理实相同。先为有韵之文，则于造句、练字、修辞、缀韵诸事，既已习惯自然，由是进而写诗，自然不觉其难，所须注意者，只音律而已。且韵文之篇幅宜长，魄力宜厚，诗则长短可以随意，故好学诗者，先学韵文而后学诗，尤有驾轻就熟之乐。若古体诗，不拘平仄，不讲对偶，敷陈不嫌详尽，笔力较易展舒；不似今体诗之处处束缚，既须敛意归辞，又须镕字就律，稍有疏忽，便不工稳，故必先古而后今，俾得由浅而入深也。至于先学五言诗者，取其字数较少。盖文之为句，不难于长而难于短；诗之为句，不难于短而难于长。七言虽只增二字，然在初学为之，不失之弱，即失之冗。故必先学五言，然后再学七言，庶足以胜任而愉快耳。

忌　病

论诗八病法

昔人论诗有八病，一曰平头，二曰上尾，三曰蜂腰，四曰鹤膝，五曰大韵，六曰小韵，七曰正纽，八曰旁纽。在初学对此八病，虽不必十分注重，然亦不可不知。今试分别言之，并举例如左。

一、**平头**　谓上句一、二两字，不得与下句一、二两字同声。如古诗"今日良宴会，欢乐难具陈"，"今"与"欢"同声，"日"与"乐"同声之类。

二、**上尾**　谓上句末一字，不得与下句末一字同声。如古诗"西北有高楼，上与浮云齐"，"楼"、"齐"同为平声之类。

三、**蜂腰**　谓一句中第二字不得与第五字同声，同则两头大、中心小，似蜂腰之形。如古诗"远与君别久"句，"与"字、"久"字，同为上声之类。

四、**鹤膝**　谓第一句末一字，不得与第三句末一字同声，同则两头细、中心粗，似鹤膝之形。如古诗"新制齐纨素,皎洁如霜雪,裁为合欢扇,团圆似明月","素"字、"扇"字,同为去声之类。

五、大韵 谓上句首一字,不得与下句末一字同韵。如古诗"胡姬年十五,春日独当垆","胡"字与"垆"字同韵之类。

六、小韵 谓上句第四字,不得与下句第一字同韵。如古诗"薄帷鉴明月,清风吹我襟","明"字与"清"字同韵之类。

七、正纽 谓上下两句之中,有一平声之"东"字,不得再用上声之"董"字,及去声之"冻"字,因"东、董、冻"三字为一纽也。如古诗"我本汉家女,来嫁单于庭","家"字在平声六麻,"嫁"字在去声二十二祃,同为一纽之类。

八、旁纽 谓上句首一字,已用平声"东"韵之字,下句首一字不得再用上声"董"韵或去声"送"韵之字;或上句已用"董"韵、"送"韵之字,则下句不得再用"东"韵之字。如古诗"丈夫且安坐,梁尘将欲起","丈"字在上声二十一养,"梁"字在平声七阳,"梁"、"长"同韵,而"长"字、"丈"字即为一纽之类。

学诗五忌法

前言"八病",所拘太严,初学作诗,苟其奉为准绳,则天机束缚殆尽，安能望其发挥性灵乎？然而通常"五忌"，则不可轻蹈，兹再条列于下。

一、**格弱** 诗贵格调高古，句句无懈可击，否则即为格弱。《李希声诗话》曰：薛能，晚唐诗人，格调不高，而妄自尊大。有《柳枝词》五首，最后一章曰："刘白苏台总近时，当初章句是谁推？纤腰舞尽春杨柳，未有侬家一首诗。"自注云："刘、白二尚书，继为苏州刺史，皆赋杨柳枝词，世多传唱，但文字太僻，宫商不高耳。"薛能大言如此，今读其诗，真堪一笑。刘、白之词，则绝非薛能可及。刘之词曰："城外春风吹酒旗，行人挥袂日西时。长安陌上无穷树，惟有垂杨管别离。"白之词曰："红板江桥青酒旗，馆娃宫暖日斜时。可怜雨歇东风定，万树千条各自垂。"其格力风调，岂薛能所可仿佛。于此可知格调之不可不讲也。

二、**字俗** 诗中下字，须有来历，尤以典雅为贵，否则即为字俗。但古来诗人，亦有诗中用俗字者，如老杜诗云："峡口警猿闻一个"、"两个黄鹂鸣翠柳"，又"楼头吃酒楼下卧"、"梅熟许同许老吃"，诗中之"个"字、"吃"字，均俗字也。今读之不觉其俗，而只觉其佳，此则在于善用之耳。若初学则功夫未深，终以不用为是。

三、**才浮** 诗贵含意不尽，藏才不露，否则即为才浮。如白乐天《宫怨》云："泪满罗巾梦不成，夜深前殿按歌声。红颜未老恩先断，斜倚熏笼坐到明。"又王昌龄

《宫怨》云："奉帚平明金殿开，且将团扇暂徘徊。玉颜不及寒鸦色，犹带昭阳日影来。"二诗用意，何等含蓄。

四、理短 诗贵理由充足，不可牵强，否则即为理短。如张继诗云："姑苏城外寒山寺，夜半钟声到客船。"句则佳矣，但夜半非撞钟之时。又白乐天《长恨歌》云"峨眉山下少人行"，峨眉在嘉州，与幸蜀全无交涉。又严维诗云："柳塘春水漫，花阴夕阳迟。"虽描写天容时态，融和骀荡，如在目前；但夕阳迟不独在花阴，春水漫不仅限柳塘也，此皆谓之理短。

五、意杂 诗意须如联珠贯串，一线到底。若一诗之中，上句谈天，下句说地；或前联吟花，后联咏草，意义绝不相关，即为意杂，是亦学者所宜深戒也。

作诗五戒法

何谓作诗五戒？一戒讥讪，二戒谄谀，三戒鄙俗，四戒纤亵，五戒剽窃是也。学者于上述八病、五忌，既已知之，则此作诗五戒，尤不可不注意焉。兹更详述于后。

一、戒讥讪 古来谑语嘲歌，大都轻薄者之所为。及读韩昌黎《赠张曙》诗，有"久钦江总文才妙，自叹虞翻骨相屯"二句，以江总之奸佞比曙，似是昌黎失检。故赠送之诗，宜借古人之才华位望相拟。否则稍一不慎，受者即疑为有意讥讪，衔恨报复，卒无已时，可不戒哉！

二、戒谄谀 昔杜子美赠郑谏议诗，只赞其诗词，不言其谏诤，斯为不谄；又赠鲜于京兆诗，但美其文章，不论其武略，斯为不谀。不谄不谀，最关人品。然尽有对于贵官显者，加意颂扬，及时过境迁，骤然失势，昔日应酬之作，适成株累之由。诗人似此者颇多，切不可轻蹈此习也。

三、戒鄙俗 鄙在立意，俗在造句。凡稍有气骨者，或不肯自蹈卑鄙之弊；俗则非着意锻炼，即未能免。如张綖引曹唐《病马》诗"一朝千里心犹在，未敢潜忘秣饲恩"，言其为乞儿语，亦恶其鄙耳。白香山长于叙事，求解老妪，遂加以"俗"之一字。观此则鄙俗之病，古人尚未能免，而谓学者可不留意乎？

四、戒纤亵 一字至九字诗，虽曰旧格，终近游戏。至地名、人名、药名、数目诸体，则纤矣；西昆、香奁，专咏艳情，《唐诗别裁》屏而不录，惩其亵耳。初学作诗者，最喜吟风弄月，堕入魔道，心术日非，此尤不可不力戒也。

五、戒剽窃 释皎然谓诗有"三偷"，其上偷势，其次偷意，最下者偷语。周以言偷唐人诗云："海色晴看近，钟声夜听长"，较原诗只改"雨"字为"近"字，"潮"字为"长"字而已。黄鲁直偷李白诗云："人家围橘柚，秋色老梧桐"，较原诗只改"烟寒"为"家围"二字。此皆不免蹈偷语之病。初学作诗，脱胎犹非所宜，况剽窃乎，戒之慎之。

押韵八戒法

诗之有韵，犹屋之有柱，柱不稳，则屋必倾圮；韵不稳，则诗必恶劣。故押韵之所当戒者，初学亦不可不知。兹试分述于下。

一、戒凑韵 俗亦称"挂韵脚"。谓所押之韵，与全句意义，不相贯串，而勉强凑合也。如唐诗"黄河入海流"句，若易"流"字为"浮"字，便为凑韵。初学最易犯此，所当切戒。

二、戒落韵 "落韵"者，出韵之谓也。如一首诗中，通体全押一东韵，而一字忽押二冬韵。一东与二冬，虽古韵可通，然用诸古体诗则可，用诸今体诗，即为落韵，学者宜慎之。

三、戒重韵 一字两义而并押之，谓之重韵。如"耳"为五官之一，又为语助辞；"干"为"干涉"之义，又可作"干戈"解。一诗中两义同押，前人间亦有之，但初学终以不犯为是。

四、戒倒韵 "倒韵"者，将二字颠倒以就韵之谓也。如古诗"新书置后前"句，易"前后"为"后前"，即所谓倒韵也。然此二字于词义尚无碍，不妨倒用；若强"山林"、"树木"等不可倒用之字而倒用之，便觉不通矣。

五、戒用哑韵 作诗当择声音响亮之韵押之，自然音调高超。若用哑韵，则非但词句不挺，即全诗亦因之萎弱矣。

六、戒用僻韵 僻韵又名"险韵"。如一先韵之"伂"字，训"轻举"；二萧韵之"钊"字，训"远"，单字只义，用之易近凑合。但有二字、三字之古典，与题适相切合者，则亦不妨押之。

七、戒用同义之韵 一韵中有数字同义者，如六麻之"花、葩"，七阳之"芳、香"，十一尤之"忧、愁"，意义皆同。若一首诗中并押之，未免重复可厌。

八、戒用字同义异之韵 字有实字虚用者，亦有虚字实用者，如一东韵之"风"字，不当作"风刺"之"风"字押；四支韵之"思"字，不当作"意思"之"思"字押。若误用则便有出韵、失黏等弊，初学最宜审慎。

律诗四忌法

何谓律诗四忌？一曰不工，二曰不贯，三曰不自然，四曰不典雅。初学作诗者，于前述种种忌病，既已领会，则尤当注意此四忌也。今述如左。

一、不工 律诗最重对偶，苟对偶之句，配搭不匀，便不工矣。

二、不贯 律诗以第一联为起，第二联为承，第三联为转,第四联为合。苟不知起承转合之层次,而两两相凑,便不贯矣。

三、不自然 律诗于立意、造句、炼字、修辞诸法,在在皆当研究。苟其徒重对偶,于诗之意义、词句,生拍硬截,便不自然矣。

四、不典雅 律诗宜善于运用古典,若只将"迎眸、屈指、好将、从教"称〔衬?〕字,铺张字面,便不典雅矣。

绝诗四忌法

何谓绝诗四忌?曰可加可减、可多可少、可彼可此、可上可下是也。学者于律诗四忌又知趋避矣,故再以绝诗四忌示之,仍分述如下。

一、可加可减 如五绝之诗,加二字为七绝;七绝之诗,减二字为五绝之类。

二、可多可少 如一诗之中,一意分为四句,或四句仍归一意之类。

三、可彼可此 如咏梅之诗,可移而咏菊;咏山水之诗,可移而咏风月之类。

四、可上可下 如七绝仄起押韵之句,与第四句同为"仄仄平平仄仄平",苟其不分层次,上句与下句可以互易之类。

派　别

探索源流法

古体诗之源流，创自商周以上，而备于汉魏六朝。有三言、五言、七言、杂言诸言。

三言古者，昉于虞舜皋陶之歌，特句必系一助辞耳。厥后汉有《郊祀歌》。兹体为者绝少，盖句止三字，达意已难，遑论古朴乎！

四言古者，以八伯之歌、康衢之谣为最古，至商周而大盛，《诗经》三百篇，四言盖居十之九也。后世仿而善者，厥为陶靖节。兹体之难，在不袭《诗经》一语，而音节极肖。

五言古者，始于李陵、苏武之赠答。魏晋以下，专尚兹体，良以不丰不约，最便达情。而流派至多，概括言之，则有正、变二体。正体主格韵高远，如苏、李之不尚雕饰，妙造自然，非后人所能学步；其次则陈思之遒丽，彭泽之闲逸，康乐之精致，皆为卓然大家。变体贵才气纵横，辞意详尽，其源亦出于汉，如《焦仲卿妻诗》，及蔡文姬《悲愤辞》首章是也。及唐之少陵、昌黎，各以其排山倾海之气，驱风走霆之笔，著为大篇，两间之奇气始尽。

七言古者，原于汉武之柏梁联句，其实一句一韵，一韵到底，与唐以后之七古异也。唐初其体大备，如少陵、昌黎以雄奇跌宕胜，乐天、微之以缠绵哀艳胜，王、李、高、岑以短劲峭拔胜，后人千态万貌，不能越其范围矣。

杂言古者，本乎上古歌谣，及琴操、楚词之属，至无名氏之《木兰辞》，而后体格乃成。后世为此者，惟太白最工，其才气盛也。

分别宗派法

古体诗之源流，既如上述矣，则今体诗之宗派，学者又不可不知一二。

今体诗者，成于李唐一代，有五律、七律、五绝、七绝、五言排律、七言排律诸体。

五言律者，以五言八句成章。"律"之云者，调平仄，拘对偶，如法律之严也。唐诗以五言应试，故于兹体，无人不作，无作不工。至择其尤胜者，则以陈子昂、杜审言、沈佺期、宋之问之典丽精工为一派，王维、孟浩然、储光羲、韦应物之清空闲适为一派，李白属之风华宕逸为一派，杜甫辈之沉雄悲壮为一派。而论其时，则又有初唐、盛唐、中唐、晚唐诸分别。

七言律者，以七言八句成章，视五言律为尤难。五言律可恃性灵超悟，七言律则非积学攻苦，未易穷源。故终唐一代，惟少陵独擅其长，金钟大镛，哀丝豪竹，无美不备，无奇不臻；非特当世诸贤，悉归牢笼，即宋元各体，亦罔不赅括，横绝古今，莫能两大矣。此外则王右丞之精深华妙，卓然自成一派；所不逮少陵者，博厚而已。

五言绝者，截取律诗之半，以五言四句成章，诗之至短，而亦至难工者也。其字句可对、可不对，可全对、可不全对。唐人工兹体者，以太白、摩诘为最，其他各派之中，亦多有可采处。

七言绝者，以七言四句成章，第每句较五言增长二字，声律和婉，可以行气，故诗家多喜为之。唐人零缣断璧，无有不工，而太白、摩诘、少伯辈，尤能各擅其长。

五言排律者，即律诗之扩张，自十句至数十百句不等。其平仄、对偶，皆与律诗同；而其敷陈事实，则与古体同。

七言排律者，即七言律诗之扩张，声长而字纵，虽少陵不克自振，遑论馀子，故后人多不敢为也。

研究变迁法

风雅颂即亡，一变而为离骚，再变而为西汉五言，三变而为歌行杂体，四变而为沈宋律诗。

以时而论，则有：

建安体 汉末年号，曹子建父子及邺中七子之诗。

黄初体 魏年号，与建安相接，其体一也。

正始体 魏年号，嵇、阮诸公之诗。

太康体 晋年号，左思、潘岳等之诗。

元嘉体 宋年号，颜、鲍、谢诸公之诗。

永明体 齐年号，齐诸公之诗。

齐梁体 统两朝而言之。

南北朝体 统魏、周而言之，与齐梁体一也。

唐初体 唐初，犹袭陈、隋之体。

盛唐体 开元、天宝间诸公之诗。

大历体 大历十才子之诗。

元和体 元、白诸公之诗。

晚唐体 贾、刘、杜、孟诸公之诗。

元祐体 苏、黄诸公之诗。

江西宗派体 山谷为之宗。

以人而论，则有：

苏李体 李陵、苏武也。

曹刘体 子建、公幹也。

陶　体 源明也。

谢　体 灵运也。

徐庾体 徐陵、庾信也。

沈宋体 宋之问、沈佺期也。

陈拾遗体　子昂也。

王杨卢骆体　王勃、杨炯、卢照邻、骆宾王也。

张曲江体　张九龄也。

少陵体。

太白体。

高达夫体　高常侍适也。

孟浩然体。

岑嘉州体　岑参也。

王右丞体　王维也。

韦苏州体　韦应物也。

韩昌黎体　韩愈也。

柳子厚体、李长吉体、李商隐体　即西昆体也。

卢仝体、白乐天体、元白体　微之、乐天，其体一也。

杜牧之体。

张籍体。

王建体。

贾阆仙体。

孟东野体。

杜荀鹤体。

东坡体。

山谷体。

后山体　后山本学唐，其语似者，仅数篇耳；其他或似不全，又其他则本其自体也。

王荆公体　公绝句最高，其佳处高出苏、黄、陈之上。

邵康节体。

陈简斋体　亦江西派而小异。

杨诚斋体　初学后山，最后亦学绝句于唐人。已而尽弃诸家之体，而别出机杼，盖其自序如此也。

又有：

选　体　选诗时代不同，体制随异。

柏梁体　汉武与群臣共赋七言，每句用韵。

玉台体　《玉台集》乃徐陵所序，汉魏六朝之诗皆有之。

西昆体　即李商隐体。

香奁体　韩偓之诗，皆裾裙脂粉之语，有《香奁集》。

宫　体　梁简文伤于轻靡，时号宫体。

又有：

古　诗。

近　体　即律诗也。

绝　句。

杂　言。

歌　行　古有《鞠歌行》、《放歌行》、《长歌行》、《短歌行》，又有单以"歌"名、"行"名者，不可枚述。

乐　府　汉成帝定郊祀，立乐府，采齐楚赵魏之声，以入乐府，以其音调可被于弦管也。

楚　辞　始于屈原。

琴　操　古有《水仙操》，辛德源所作；《别鹤操》，高陵牧子所作。

谣　沈炯有《独酌谣》，王昌龄有《箜篌谣》，穆天子之传有《白云谣》也。

又有：

以欢名者　古词有《楚屈欢》、《明君欢》。

以怨名者　《选》有四怨，乐府有《独处怨》。

以哀名者　《选》有《七哀》，少陵有《八哀》。

以愁名者　古词有《寒夜愁》、《玉阶愁》。

以思名者　太白有《静夜思》。

以乐名者　齐武帝有《估家乐》，宋臧质有《石城乐》。

以别名者　子美有《垂老别》、《新婚别》、《无家别》。

他若：

风　人　上句述其语，下句释其文，如古《子夜歌》、《读曲歌》之类，则多用此体。

蒿　砧　古乐府篇名，多用僻词隐语也。

五杂俎　见乐府。

两头纤纤　亦见乐府。

盘　《玉台集》有此诗，苏伯玉妻作，写之盘中，屈曲成文也。

回　文　起于窦滔之妻，织锦以寄其夫也。

反　复　举一字而诵皆成句，且无一句不押韵，反复成文，李公《诗格》有此诗。

杂　合　字相折成文，孔融《渔父屈节》之诗是也。

建　除　鲍明远有《建除》诗，每句之首，冠以"建除"、

"平满"等字。等,皆诗体之愈变愈奇,而不可奉为常法者也。兹因便人研究诗之变迁起见,故述其大略于右。

提挈纲要法

诗之大别有三,一曰说理,二曰言情,三曰写景是也。此三体者,即为作诗之纲要,初学不可不知。兹再分别说明于后。

一、说理 说理之诗,宋儒偶一为之,诗家且谓之旁门。不知作诗之说理,与谈性命之学不同。理有事理、物理之分,散在六合,聚在一心,皆此理也。故诗人吟咏一事一物,必于事物真相,曲尽无遗,方可免肤泛之弊。

二、言情 言情者,非仅写家人、社交中之情也,凡一山一水,一草一木,接触于吾人之目者,无往非情之所寄;而借诗以写之,虽山水草木,皆若钟情于我。唐人诗云:"长疑即见面,翻致久无书。"所谓诗以言情者,即此是也。

三、写景 言情以外,写景尚矣。画家写景,能写花而不能写花香,能写鸟而不能写鸟语,惟诗人则能之。如唐诗"花有清香月有阴"句,则不但写花香,且写花香之清也;又如"春至鸟能言"句,则不独写鸟言,且写鸟之能感时而言也。前人谓王摩诘诗中有画,此言洵不诬也。

体 裁

学作歌谣法

歌谣者,类皆出于不通文墨,及粗识字义之人,或因时事之感触,或因景物之动兴,不假思索,随口而吐。惟当其歌咏慨叹之际,偶然一抑一顿,一顿一挫,不期婉转动听,而自成叶韵也。兹特各举一例,并示作法于左。

击壤歌

日出而作,日入而息;
凿井而饮,耕田而食,
帝力于我何有哉?

右为唐尧之时,老人击壤而作,故即以"击壤"二字为歌名。"息"字、"食"字,自然叶韵,是为歌体之祖。

康衢谣

立我烝民,莫匪尔极。
不识不知,顺帝之则。

右为唐尧微服出游康衢时,闻儿童所作者。"极"字、"则"字,亦自叶韵,是为谣体之祖。

学作乐府法

乐府之名,起于汉初,须有苍老古雅之色,溢于词句之间。若一涉议论,便不似乐府矣。其调以《君马黄》、《临高台》两首为最古,今已不可复得。试择其近于古者,列示于后,俾学者得以知其作法也。

龟虽寿　　魏武帝

神龟虽寿,犹有竟时;腾蛇乘雾,终为土灰。
老骥伏枥,志在千里;列士暮年,壮心不已。
盈缩之期,不独在天;养怡之福,可得永年。
幸甚至哉,歌以咏志。

右诗于三百篇外,特创一格,词句峭劲,音节奇响。至"老骥伏枥"四句,尤为通体筋节,洵乐府中之上乘也。

善哉行　　魏文帝

上山采薇,薄暮苦饥。溪谷多风,霜露沾衣。
野雉群雊,猿猴相追。远望故乡,郁何垒垒。
高山有崖,林木有枝。忧来无方,人莫之知。
人生如寄,多忧何为?今我不乐,岁月如驰。

汤汤以流，中有行舟，随波转薄，有似客游。
策我良马，被我轻裘，载驰载驱，聊以忘忧。

右诗言客游之感，通篇着眼在"忧来无方"一句。末后言客游似行舟，即以行舟喻客游，措语工巧之至。结句收到"忘忧"，与"忧来"针锋相对，尤为难得之作。

学作五古法

作五古有四要，曰分段，曰过脉，曰回照，曰赞叹。先要分段，首段笼罩全篇，以下一段一意，防杂乱也。次要过脉，名为"血脉"，此处用两句，一结上、一生下也。又次要回照，谓十步一回顾，以照题面。末要赞叹，每段作一消息语，以赞叹之，全篇局势，方不迫促。若短篇，则每句以第三字为关捩，尤宜注意。兹示作法于下。

望岳　　杜甫

岱宗夫如何，齐鲁青未了。
造化钟神秀，阴阳割昏晓。
荡胸生层云，决眦入归鸟。
会当凌绝顶，一览众山小。

右诗通首用仄韵而不转者，首两句言其地，次两句言其状，五、六两句实写"望"字，末两句高瞻远瞩，气象不凡，非老杜安得有此。

下终南山过斛斯山人宿置酒　　杜甫

　　暮从碧山下，山月随人归。
　　却顾所来径，苍苍横翠微。
　　相携及田家，童稚开荆扉。
　　绿竹入幽径，青萝拂行衣。
　　欢言得所憩，美酒聊共挥。
　　长歌吟松风，曲尽河星稀。
　　我醉君复乐，陶然共忘机。

　　右诗通首用平韵而不转者，起四句言下山，承四句言访友，转四句言置酒，末二句言就宿，层次分明，诗情淡远，不愧为金科玉律也。

学作七古法

　　七古须有铺叙，有开合。徒以镂刻为巧、放纵为豪者，固失之滑，而流于萎弱、过于纤丽者，亦失之靡。能于优柔和平中求气势宏阔、顿挫激昂，庶几近之。至于篇幅之长短，或仅四句，或数十句，或百馀句不等，而总以第五字为关捩。兹将其作法略示于左。

诮山中叟　　施肩吾

　　老人今年八十岁，口中零落残牙齿。

天阴伛偻带嗽行，犹向岩前种松子。

右为七古之最短者，首句言老人之年，次句言老人之齿，第三句言老人之行，描写老态，至矣尽矣。末句极言其作事之勤，气韵何等深厚，笔致何等幽雅，洵佳构也。

岁晏行　　杜甫

岁云暮矣多北风，潇湘洞庭白雪中。
渔父天寒网罟冻，莫徭射雁鸣桑弓。
去年米贵阙军实，今年米贱又伤农。
高位达官厌酒肉，此辈杼轴茅茨空。
楚人重鱼不重鸟，汝休枉杀南飞鸿。
况闻处处鬻男女，割慈忍爱还租庸。
往日用钱捉私铸，今许铅铁和青铜。
划泥为之最易得，好恶不合长相蒙。
万国城头吹画角，此曲哀怨何时终。

右诗为伤时之作，通首不转一韵。起四句从岁暮说入，承四句即回顾去年；"楚人"以下八句，写当时之苛政虐民，实有无限感慨；结句点出"哀怨"二字，尤为沉痛之至。

学作律诗法

律诗八句之中，对句易工，结句难工，发端句尤难工。五律则研炼精切，稳顺声势足已；七律虽与五律相同，而加以二字，便觉难于下手。五言不可加，七言不可减，是在作者熟读而深思之。今试分示五律、七律之作法于后。

幸蜀西至剑阁　　唐玄宗

剑阁横云峻，銮舆出狩回。
翠屏千仞合，丹嶂五丁开。
灌木萦旗转，仙云拂马来。
乘时方在德，嗟尔勒铭才。

右诗首句从剑门说起，次句实写"幸"字，三、四两句承首句之意，五、六两句承次句之意，结句深许景阳之铭，雄健有力，真足开盛唐一代先声。

古意　　沈佺期

卢家少妇郁金香，海燕双栖玳瑁梁。
九月寒砧催木叶，十年征戍忆辽阳。
白狼河北音书断，丹凤城南秋夜长。
谁为含愁独不见，更教明月照流黄。

右诗首句以"卢"起兴，次句比夫妇相守；三、四两句写分离景况；五、六两句，一句言塞外，一句言长安；末二句以"含愁怨明月"作结，精细严整，元气浑然，真不可多得之作。

学作绝诗法

五言绝诗,重在真切,故质多胜文;七言绝诗,重在高华,故文多胜质。而其难易之判,与律诗适相反。盖五绝只四句二十字,真意未宣,而诗句已尽,故入手功夫,五绝较七绝为难。兹再分示五绝、七绝之作法于下。

闺怨　　金昌绪

打起黄莺儿,莫教枝上啼。
啼时惊妾梦,不得到辽西。

右诗首句言黄莺,似与题意毫不相关,实即诗中暗起法也;第二句说明"打起"之故,第三句由不使之啼,转到啼时之惊梦;末句方将题意点醒,以结上三句。写闺情至此,使柔肠欲断。

已凉　　韩偓

碧阑干外绣帘垂,猩色屏风尽折枝。
八尺龙须方锦褥,已凉天气未寒时。

右诗通篇写景,不露一些情思,而情逾深远。

作排律诗法

排律诗,即由律诗扩充而成,大都侍从述宴待制之篇居多,所谓"台阁体"者是也。对仗宜乎工整,声调宜乎响亮。亦有五言、七言之分,惟韵数多少,并无一定。兹特示五言排律之作法,并举一例如下。

上韦左相二十韵　　杜甫

凤历轩辕纪,龙飞四十春。
八荒开寿域,一气转洪钧。
霖雨思贤佐,丹青忆旧臣。
应图求骏马,惊代得麒麟。
沙汰江河浊,调和鼎鼐新。
韦贤初相汉,范叔已归秦。
盛业今如此,传经固绝伦。
豫章深出地,沧海阔无津。
北斗司喉舌,东方领搢绅。
持衡留藻鉴,听履上星辰。
独步才超古,馀波德照邻。
聪明过管辂,尺牍倒陈遵。
岂是池中物,由来席上珍。
庙堂知至理,风俗尽还淳。

才杰俱登用，愚蒙但隐沦。
长卿多病久，子夏索居频。
回首驱流俗，生涯似众人。
巫咸不可问，邹鲁莫容身。
感激时将晚，苍茫兴有神。
为公歌此曲，涕泪在衣巾。

右诗起四句归美朝廷，以下八句，是言未相之前；次八句，是言入相之时；再次八句，是言既相之后；末后十二句结到自身，亦惭愧，亦感仰。声宏实大，气象不凡，俗手安得有此。

作长短句法

长短句者，即变骚体也。以五、六、七言相间成文，长短疾徐，纵横驰骤，非有气韵、有魄力者，断不能轻易下笔也。兹举一例，并示其作法于左。

鸣皋歌送岑征君　　李白

若有人兮思鸣皋，阻积雪兮心烦劳。洪河凌兢不可以径度，水龙鳞兮难容舠。邈仙山之峻极兮，闻天籁之嘈嘈。霜厓缟皓以合沓兮，若长风扇海涌沧溟之波涛。玄猿绿熊，舔䗖崟岌；危柯振石，骇胆慄魄，群呼而相号。峯峥嵘而路绝，挂星辰于严峣。送君之归兮，动鸣皋之新作。交鼓吹兮弹丝，觞清冷之池阁。君不行兮何待，若返顾之黄鹤。扫梁园之群英，振大雅于东洛。巾征轩兮历阻折，寻幽居兮越巘崿。盘白石兮坐素月，琴松风兮寂万壑。望不见兮心氤氲，萝冥冥兮霰纷纷。水横洞以下绿，波小声而上闻。虎啸谷而生风，龙藏溪而吐云。寡鹤清唳，饥鼯嘁呻。魂独处此幽默兮，愀空山而愁人。鸡聚族以争食，凤孤飞而无邻。蝘蜓嘲龙，鱼目混珠；嫫母衣锦，西施负薪。若使巢由枉梏于轩冕兮，亦奚异乎夔龙鳖蟄于风尘。哭何苦而救楚，笑何夸而却秦。吾诚不能学二子沽名矫节以耀世兮，固将弃天地而遗身。白鸥兮飞来，长与君兮相亲。

右诗起笔写梁园雪景，如怒猊抉石，俊鹘盘空；而"送君之归"一转，更如大声发于水上，噌吰不绝；结笔淡远隽永，如罗浮风雨，若合若离，真诗境之出神入化者。

作三言诗法

三言诗，传者绝少。句法宜浑朴，宜古雅；少至八句，多至十馀句。所用之字，切忌哑而且平。兹示其作法于后。

祝某夫人　　曾熙

惟母德，推贤良；应时兴，令誉彰。
临九疑，望潇湘；祈母寿，福无疆。

右诗起二句颂其人；三、四两句从"德"字表出"誉"字，是为"寿"字伏线；五、六两句言其地；末二句才揭出祝寿本意。结构谨严，自是名作。

作四言诗法

四言诗去古未远，宜气息浑厚，声韵凝重。否则不失之靡，即失之弱。靡则不古，弱则不雅，皆当切戒。兹特举汉韦孟之《讽谏诗》一首，并示其作法如下。

讽谏诗　　韦孟

肃肃我祖，国自豕韦，黼衣朱黻，四牡龙旗。
彤弓斯征，抚宁遐荒，总齐大邦，以翼大商。
迭彼大彭，勋绩维光，至于有周，历世会同。
王赧听谮，实绝我邦，我邦既绝，厥政斯逸。
赏罚之行，非由王室，庶尹群后，靡扶靡卫。
五服崩离，宗周以噬。我祖斯微，迁于彭城。
在予小子，勤唉厥生，阨此嫚秦，耒耜斯耕。
悠悠嫚秦，上天不宁，乃眷南顾，授汉于京。
于赫有汉，四方是征，靡适不怀，万国攸平。

乃命厥弟，建侯于楚，俾我小臣，惟傅是辅。
矜矜元王，恭俭静一，惠此黎民，纳彼辅弼。
享国渐世，垂烈于后，乃及夷王，克奉厥绪。
咨命不永，惟王统祀，左右陪臣，斯惟皇土。
如何我王，不思守保？不惟履冰，以继祖考？
邦事是废，逸游是娱，犬马悠悠，是放是驱。
务此鸟兽，忽此稼苗，蒸民以匮，我王以媮。
所弘匪德，所亲匪俊，惟囿是恢，惟谀是信。
瞯瞯谄夫，谔谔黄发，如何我王，曾不是察？
既藐下臣，追欲纵逸，嫚彼显祖，轻此削黜？
嗟嗟我王，汉之睦亲，曾不夙夜，以修令闻。
穆穆天子，照临下土，明明群司，执宪靡顾。
正遐由近，殆其兹怙，嗟嗟我王，曷不斯思？
匪思匪监，嗣其罔则，弥弥其逸，岌岌其国。
致冰匪霜，致坠匪嫚，瞻惟我王，时靡不练。
兴国救颠，孰违悔过，追思黄发，秦穆以霸。
岁月其徂，年其逮耇，於赫君子，庶显于后。
我王如何，曾不斯览？黄发不近，胡不时鉴。

右诗"惟王统祀"以上，即寓讽谏之意；"穆穆天子"六句，言天子之明，群臣之执法；"瞻惟我王"以下，是望其改过之词。通篇肃肃穆穆，汉诗中之杰作也。

作六言诗法

六言诗，以二、四、六字定平仄，须要炼字炼句，不论对句、散体，均不可以闲散之字成文。而且词句宜着实，声调宜铿锵，否则便有瘖哑萎靡之病。今试将其作法略举如后。

归山作　顾况

心事数茎白髮，生涯一片青山。
空林有雪相待，古道无人独还。

桃红复含宿雨，柳绿更带朝烟。
花落家童未扫，鸟啼山客犹眠。

右二诗第一首言未归之前，第二首言既归之后。起句从心事说到生涯，而所待者惟雪，是为"无人"作伏笔。第二首写桃、写柳、写花鸟，都从"无人"生出。山中清境，惟个中人独能领略。

作杂言诗法

杂言诗，有三、五、七言，有一、三、五、七、九言，句法皆成奇数。但亦有寄托，有呼应，非可漫然为之。至用实字则宜有层次，用虚字则宜有开合。兹示二法于左。

三五七言　　李白

秋风清，秋月明，
落叶聚还散，寒鸦栖复惊。
相思相见知何日，此时此夜难为情。

右诗前四句实写秋景，后二句虚写闺情。怨而不怒，风人之作。

一三五七九言　　李白

游，愁，赤县远，丹思抽，
鹫岭寒风飕，龙河激水流。
既喜朝闻日复日，不觉年颓秋更秋。
已毕耆山，本愿诚难在；
终望持经，振锡在扬州。

右诗起六句言居荒远之地，若不胜情；第七句言国事尚可为，第八句言年龄惜已老；末句结到归隐，妙在含意不露。

作白描诗法

白描诗近乎天籁，非以俚语入诗也。贵写得真切，说得透澈，斯为文言道俗；且须不假雕琢，不尚工巧，方为白描能手。今试示其作法于下。

望月　　李白

床前明月光，疑是地上霜。
举头望明月，低头思故乡。

右诗不用一典，似全不费力者，而情景宛然如画。凡在异乡望月之人，都有读此诗而顿起乡思者，所以为不可多得之作也。

作回文诗法

回文诗反覆成章，可以纵横排比，非仅一顺一倒也。然有一字未妥，则句便费解；有一字未谐，则句便失叶，钩心斗角，不得以小道而轻之。兹特将作法举示于后。

题织锦图回文　　苏轼

春晚落花馀碧草，夜凉低月半梧桐，
人随雁远边城暮，雨映疏帘绣阁空。
空阁绣帘疏映雨，暮城边远雁随人。
桐梧半月低凉夜，草碧馀花落晚春。

右诗前二句写情景，后二句有无限思想，无限感触，抵得一首征人思归之作。

作叠字诗法

叠字诗要运用自然,不可颠倒,不可紊乱。如第一句在首二字,则第五句亦当在首二字;第三句在中二字,则第七句亦当在中二字。通篇又均须对偶,方能工稳。兹示其作法于左。

贡院垂成双莲呈瑞勉语士子　　王十朋

大厦垂垂就,佳莲得得开。
双双戴千佛,两两应三台。
欢意重重合,香风比比来。
人人宜自勉,济济有廷魁。

右诗首句言贡院垂成,次句言双莲呈瑞,题意已尽;第三句补出"双"字,第四句说到"士子";第五句是勉励语,第六句承上双莲,第七、八两句方揭出作意。层次井然,绝无叠床架屋之弊。

作联句诗法

联句贵神完气足,无一句不浑灏流转,无一字不响顺稳当。若生拍杂凑,必无佳构。兹特举汉《武柏梁》诗以为例,并示作法于下。

柏梁诗　　汉武帝

日月星辰和四时，帝
骖驾驷马从梁来，梁孝王
郡国士马羽林材，大司马
总领天下诚难治，丞相石庆
和抚四夷不易幾，大将军卫青
刀笔之吏臣执之，内史大夫倪宽
撞钟伐鼓声中诗，太常周建德
宗室广大日益滋，宗正刘安国
周卫交戟禁不时，卫尉路博德
总领从宗柏梁台，光禄勋徐自为
修饰舆马待驾来，太仆公孙贺
郡国吏功差次之，大鸿胪壶充国
乘舆御物主治之，少府王温舒
陈粟万石扬以箕，大司农张成
彻道宫下随讨治，执金吾中尉豹
三辅盗贼天下危，左冯诩盛宣
盗阻南山为民灾，右扶风李成信
外家公主不可治，京兆尹
椒房率更领其材，詹事陈掌
蛮夷朝贺常舍其，典属国
柱枅欂栌相枝持，大匠
枇杷橘栗桃李梅，大官令

走狗逐兔张罘罳，上林令
啗妃女唇甘如饴，郭舍人
迫窘诘屈几穷哉。东方朔

右诗为七古之祖，武帝句堂皇冠冕，自是帝王气象；以下追步后尘，各述其职，亦为不可多得之作。

作集句诗法

集句诗，或杂集众人之句，或专集一人之句。要必有起伏顿挫，回环往复，斯能一气呵成，若天衣之无缝。如有一语未妥，一联未洽，则全篇均失精采。兹特试举一例，并示作法如下。

和人五十自述 集东坡句　　沈守廉

吾生如寄耳，何必弃沟渎；
吾心淡无累，午饭饱蔬菽。
诗书亦何用，五车不再读。
相逢未寒温，客来不待速。
叹息烟云老，动与世好逐。
后生多名士，吾其返自烛。
嗟我与先生，虽时出圭角，
谁谓感旧诗，因循随流俗？
乾策数大衍，往事不可复。

退居吾久念,人事几反覆。
出处付前定,有子万事足。
虽云老不衰,长生未可学。
怪君仁而寿,养火犹未伏。
吟君五字诗,风静响应谷。
渊明得此理,张骞移苜蓿。
公老我亦衰,相约挂冠服。
君看东坡翁,洒扫古玉局,
未怕供诗帐,岂须上图轴。
念为儿童岁,声价争场屋。
我老何能为,终胜贾谊哭。
谁知去乡国,有生几梦觉?
老人不解饮,探诗亦颇熟。
嗟我此乐乡,不识无弦曲。

右诗全集东坡之句。起段十二句,言后生可畏,年老如寄,是感慨语;次段十句,言往事已矣,望在后嗣,是慰藉语;三段十二句,言老年归隐,不约而同,是愉快语;末段十二句,言寄寓海上,不问世事,是超脱语。集句得此,洵非易事。

作促句诗法

促句诗不拘平仄,以三句一转韵。须有气韵、有胎息，非多读古诗，不能应手也。否则掉转不灵，便失之滞；锻炼不精，又失之俗。兹将其作法略示于后。

悲秋　　宋筠

江南秋色摧烦暑，夜来一枕芭蕉雨，
家在江头白鸥浦。一生未归鬓如织。
伤心日暮枫叶赤，偶然得句应题壁。

右诗"暑、雨、浦"三字为一韵，"织、赤、壁"三字为一韵，然六句却有六转：第一句是虚写秋来，第二句是实写秋来，第三句是因秋思家，第四句是思家不归，第五句是拍到秋深，第六句是作诗悲秋，层层都到，可与文忠公之《秋声赋》并传。

作无题诗法

无题诗亦有寄托，盖以闺房儿女之情，寓感事伤时之意。炼字须稳，琢句须工，字字听之有声，扣之有棱，方为神品。兹举二诗为例，并示作法于左。

无题　　李商隐

来是空言去绝踪，月斜楼上五更钟。
梦为远别啼难唤，书被催成墨未浓。
蜡照半笼金翡翠，麝薰微度绣芙蓉。

刘郎已恨蓬山远,更隔蓬山一万重。

飒飒东风细雨来,芙蓉塘外有轻雷。
金蟾啮锁烧香入,玉虎牵丝汲井回。
贾氏窥帘韩掾少,宓妃留枕魏王才。
春心莫共花争发,一寸相思一寸灰。

右二诗一首写梦境,一首写往事,而第一首结句又用一"隔"字,第二首结句又用一"灰"字,似真似幻,若即若离,均无实事可征也。此与游仙诗同一迷离惝恍,真为难得。

作怀古诗法

怀古诗随时随地,有触即作,但须有寄托,有议论。若就古人事迹,平铺直叙,则不失之板滞,即失之冗弱,学者最宜切戒。兹举二例,并示作法于下。

苏台览古　　李白
旧苑荒台杨柳新,菱歌清唱不胜春。
只今惟有西江月,曾照吴王宫里人。

右诗起二句是写现在,故用一"旧"字,一"荒"字,以折出"新"字;第三句提出西江月,第四句提出吴王宫,用一"今"字、一"曾"字,便有无限感慨之意。

越中怀古　　李白

越王勾践破吴归,战士还家尽锦衣。
宫女如花满春殿,只今惟有鹧鸪飞。

右诗起二句是写当年之盛,第三句从战士折到宫女,盛之至也,"只今"一点,与前首同一感慨。

作竹枝词法

竹枝词专写风土,其体与七绝近似,但重音节而意义次之,重气韵而文采次之,大都皆眼前指点之语。今示其作法于下。

临平湖竹枝词　　厉鹗

双鬟十五荡舟徐,不见清波锦鲤书。
侬似湖中石鼓样,望郎望似蜀桐鱼。

右诗写女儿相望之意,首句言女儿之操业,次句言女儿之候信,三、四两句以石鼓、桐鱼为比,语语动人,其郑卫之遗欤?

端溪竹枝词　　李峰

楚楚青衫别样新,归宁南渡到江滨。
一竿油伞双藤盒,绿树斜阳唤渡人。

右诗写出门归宁状况，首句言所着之衣，次句言出门之由，第三句言所持之物，末句点醒唤渡，层次极为整齐。

作柳枝词法

柳枝词与竹枝词，体虽同而实则大异，盖专咏杨柳故也。惟以清丽委婉，可以歌唱为合格；若俚词俗语，亦不宜羼入。兹示作法如左。

西湖柳枝词　　厉鹗

相识东风万万条，冶游付与玉骢骄。
等闲回首情难尽，行过长桥又短桥。

藏鸦门外绿愔愔，染雨烘晴色渐深。
底事钱唐苏小小，不将翠带结同心。

千丝跧地复临湖，记得当年卖酒垆。
惟有个侬偏爱惜，三眠还要倩人扶。

芳草春来断客魂，杨枝只合伴桃根。
满湖碧水游船散，西月东风在寺门。

斗尽纤腰一两枝，水仙王庙日斜时。
青青不许游人折，细叶如颦更泥谁？

路旁烟态冒朱楼，长送行人千里游。
愿作涌金门外树，生来浑不识离愁。

右六诗一气呵成,第一首言游客,第二首言妓家,第三首言酒楼,第四首言舟子,第五首言僧寺,第六首言羁人,寄托深远,不仅为杨柳咏也。

作打油诗法

打油诗本滑稽诗之一种,然亦有寄托在内。相传有人出门打油,忽发诗兴,顷刻间而诗成,故遂以"打油"名之。音节不甚讲究,实为歌谣之遗,大约以七言四句者较多。今示作法及举例如下。

> 月子弯弯照九州,几人欢乐几人愁,
> 几家夫婿同罗帐,几个飘零在外头。

右诗言离别之苦,俗不伤雅,故难能而可贵。

> 春耕夜起早迟眠,小妹担茶郎种田。
> 秧要日头麻要雨,采桑娘子要晴天。

右诗写农家情景,历历如绘,而将茶、桑、麻、稻,并入四句之中,尤极自然之致。

作宝塔诗法

宝塔诗虽为游戏之作,然须有步骤、有层次,否则叠床架屋，有何意味？而且尤忌凑合板滞等病。兹示作法于左。

咏酒一字至七字　　阙名

酒，酒，

酌来，饮取。

君莫诉，时难久。

偏乐少年，能娱老叟。

对月不可无，看花必须有。

于髡一醉一石，刘伶解酲五斗。

临行强战三五场，酩酊更能相忆否？

右诗无一复语，无一重笔。起六句言饮酒必须有德，七、八两句言老少皆宜，九、十两句言对月看花皆宜，十一、十二两句寻出两个古人作证，末两句回顾前事作结，潇洒风流，诗中圣品。

学作棹歌法

棹歌与竹枝词相近，如渔家唱晚之歌，既须婉约，义贵轻灵；下字似倚声，琢句似风谣，方有真趣。较之采桑歌、采茶歌，别有一种丰韵，是在作者之善为摹写耳。今述其作法如后。

升平湖棹歌　　丁立诚

紫光赤色扫尘埃，今日升平湖自开。
红煞桃花青煞柳，春风无数峭帆来。

赤乌天玺瑞征多，小石灵函字细摩。
乐府重翻宝鼎见，厌他水调竹枝歌。

邱丹习化䏡荒祠，杉柏阴遮碧一池。
敲破竹扉童不应，小眠惊起白鸥儿。

阿兄舒国绾朝绯，阿弟禅关割妄机。
谁继放生团社约，鱼苗如蚁绿初肥。

广严清梵歇枯龛，春水门前记浴蚕。
唤起鲜于旧诗老，护伽蓝礼褚河南。

安平七字艳坡仙，摹勒贞珉又百年。
且采本山茶叶好，一瓯雪沸宝幢泉。

右六诗第一首言湖上风景，第二首言湖上古迹，第三首写鸥，第四首写鱼，第五首写蚕，第六首写茶叶，而满湖画本，都在诗中，真风雅绝伦之作也。

学作宫词法

宫词者，记宫中之事也。须语类讽谏，恰合诗人忠厚之遗，而词句之间，尤宜含蓄而不率直，隐约而不显露。否则非失之怨怒，即失之轻薄，甚无取也。兹故示其作法于左。

宫词　　熊人霖

雕梁燕子语喃喃，宠绿怜红月已三。
半雨半晴梅子熟，檐前都是爱宜男。

右诗首句以燕子自比，次句言色衰宠弛，如春暮之三月也；三、四两句还望恩幸，措词何等委婉，而哀怨之意，已溢于言表矣。

学词百法

刘坡公著

编辑大意

一、音有清浊，韵分阴阳，学词之法，音韵最严。本书广征博引，不特考其源流，正其是非，而尤注意于辨音叶韵之道，庶几初学倚声者，可无落韵失腔之病。

一、词之字句，与诗不同。本书由渐而进，示以种种作法，兼采古人之警句词眼，以为模楷，俾学者得此，既无躐等之弊，又获他山之助。

一、金元而后，词学日芜，作者但知风华自尚，不复研究格律，遂使词不合乐。本书有鉴于此，特将词谱要诀详细论列，并起、结、转、折等法，无不示以准绳，证以实例。学者不必考求他本，自有左右逢源之乐。

一、词之体制，繁复最甚；词之名目，歧异尤多。本书于词曲之分合，体制之异同，词学之源流，调名之缘起，应有尽有，不惮详述。学者细细翻阅，于填词之学，不难思过半矣。

一、词之派别，自晚唐以迄明清，何止数十百家。本书甄采各家精华，按时代之先后，一一列入，而又略将其人之出处，先为说明。学者得此，不但可以判各派之轩轾，且可以观世运之兴衰焉。

一、词之圆转与拗僻，各调不同。本书所选，率皆词林所习见者；于拗僻之调，概屏勿录。盖求其雅，不求其备也。

音　韵

审辨五音法

五音者，宫、商、角、徵（音止）、羽也。喉音为宫，齿音为商，牙音为角，舌音为徵，唇音为羽。昔人填词度曲，字字须审其音之所属，而后精研以出之。故能律协声谐，绝无落韵失腔之弊。韵书云："欲知宫，舌居中；欲知商，开口张；欲知角，舌根缩；欲知徵，舌拒齿；欲知羽，口吻聚。"此即审辨五音之不二法门，而亦学习填词者所当注意也。

夫学词与学诗，虽有难易之分，而其注重音韵则一。南宋时有内司所刊《乐府混成集》，列举各种词曲宫调，当日填词家莫不奉为圭臬。迨后《混成集》失传，好填词者，但依旧谱，按字填缀，不复研究宫商，而词律遂日渐废矣。今欲学习填词之法，不可不先审辨五音。至于辨别四声，则已叙明在《学诗百法》第一则，兹不复述焉。

考正音律法

古人按律治谱，以词定声，故玉田生平好为词章，用功逾四十年，锤锻字句，必求协乎音律。

音生于日，律生于辰。日为十母，甲乙，角也；丙丁，徵也；戊己，宫也；庚辛，商也；壬癸，羽也。辰为十二子，六阳为律，六阴为吕，一曰黄钟，元间大吕；二曰太簇，二间夹钟；三曰姑洗，三间仲吕；四曰蕤宾，四间林钟；五曰夷则，五间南吕；六曰无射（音亦），六间应钟。此阴阳声律之名也。

五音中，宫属土，徵所生，其声浊；商属金，宫所生，其声次浊；角属木，羽所生，其声半清半浊；徵属火，角所生，其声次清；羽属水，商所生，其声最清。六律中，黄钟，所以宣养六气九德也；太簇，所以金奏赞扬出滞也；姑洗，所以修洁百物、考神纳宾也；蕤宾，所以安靖神人、献酬交酢也；夷则，所以咏歌九则、平民无贰也；无射，所以宣布哲人之令德，示民轨仪也；大吕，助宣物也；夹钟，出四隙之细也；仲吕，宣中气也；林钟，和展百事，俾莫不任肃纯恪也；南吕，赞扬秀也；应钟，均利器用，俾应复也。此阴阳声律之说也。

今欲使所填之词，谐声悦耳，则考正音律，尤为所当之急务。试附图如下。

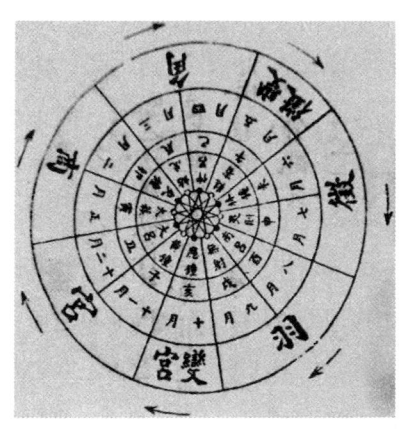

古者以宫、商、角、徵、羽五音为正调，变宫、变徵为变调，共为七调。乘黄钟、大吕、太簇、夹钟、姑洗、仲吕、蕤宾、林钟、夷则、南宫、无射、应钟十二律，得八十四调。图中以○为阳之符号。以●为阴之符号。外围五音，系隔五相生；内围律吕，则隔八相生。自黄钟右旋，隔八而生林钟，是宫生徵，阳生阴也；自林钟右旋，隔八而生太簇，是徵生商，阴生阳也；自太簇右旋，隔八而生南吕，是商生羽，阳生阴也；自南宫右旋，隔八而生姑洗，是羽生角，阴生阳也；自姑洗右旋，隔八而生应钟，是角生变宫，阳生阴也；自应钟右旋，隔八而生蕤宾，是变宫生变徵，阴生阳也；自蕤宾右旋，隔八而生大吕，是由变徵还相为宫，阳生阴也。自大吕右旋，隔八而生夷则，是又由宫而生徵，阴生阳也；自夷则右旋，隔八而生夹钟，是又由徵而生商，阳生阴也；自夹钟右旋，隔八而生无射，是又由商而生羽，阴生阳也；自无射右旋，隔八而生仲吕，是又由羽而生角，阳生阴也；自仲吕右旋，隔八而生黄钟，是又由角而生宫，阴生阳也。五音相生之道，至此周而复始。故知律吕之数，虽有十二，而其为调实只有七也。

如上所述，于考正音律之法，不可谓不详。苟学者不知其理，或知其理而不明其用，则将如之何？曰：是无伤也。夫声音之道，出乎天然，吾人能于字之本音，分其轻重，辨其清浊，时时练习，读之准确，则至下笔填词之时，自不患其不协律矣。

分别阴阳法

昔人所作之词，皆以播诸管弦，故阴阳之分，甚为重要。阴阳即清浊也。元周德清论填词之法，谓欲作乐府，必正言语；欲正言语，必宗中原之音，辨声之平仄，别字之阴阳。字惟平有阴阳，而仄无之；声惟有平、上、去，而入无之，以入声派入平、上、去三声也。迨清初王鵕撰《音韵辑要》，始将上、去、入三声各分阴阳，而合为八音。实则阴阳之分，只须先辨平声，因平声之阴阳，即可断定上、去、入三声之阴阳也。例如"东"、"同"二字，同为平声，而"东"字之音清而幽，阴声也；"同"字之音浊而沉，阳声也。"东"字之上声为"董"，故"董"字为阴上声；去声为"冻"，故"冻"字为阴去声；入声为"笃"，故"笃"字为阴入声。"同"字之上声为"动"，故"动"字为阳上声；去声为"洞"，故"洞"字为阳去声；入声为"独"，故"独"字为阳入声。

作词，一调之中，阴声字多则激越，阳声字多则沉顿。必须相间用之，方能高下适宜。运用之妙，在乎一心，学者不可不辨别之。今再略举数例于下：

阴声	阳声	阴声	阳声
东董冻笃	同动洞独	江讲绛觉	阳养漾药
居举锯菊	鱼雨御玉	真轸震织	人忍润入
歌哿个谷	罗裸逻陆	家假价甲	麻马骂袜
鸠九救击	尤有宥亦	侵寝寖戚	寻静净寂

剖析上去法

上、去二声，其音绝然不同。上声轻清而高，去声重浊而远。而在曲调中则反是，调之高者，宜用去声字；调之低者，宜用上声字。故词中逢上、去二声连用之处，用去、上者必佳，用上、去者次之。学者须剖析清楚，用之得当，而后所填之词，方能抑扬有致矣。兹试举词之注重上、去二声者一阕以为例：

花犯　周邦彦

粉墙阴句。　梅花照眼句。依然旧风味韵。露痕轻缀叶，疑净洗铅华句，无限佳丽叶，去年胜赏成孤倚叶。冰盘共燕喜叶，更可惜豆 雪中高士句，香篝熏素被叶，　今年对花太匆匆句，相逢似有恨句，依依愁悴叶。吟望久句，青苔上句，旋看飞坠叶。相将见豆 脆圆荐酒句，人正在豆 空江烟浪里叶，但梦想豆 一枝潇洒句。黄昏斜照水叶。

右词前段第一句"粉"字，必用上声；第二句"照眼"二字，必用去、上；第三句"旧"字，必用去声；第五句"净洗"二字，必用去、上；第六句"丽"字，必用去声；第七句"胜赏"二字，必用去、上，"倚"字必用上声；第八句"燕喜"二字，必用上、去；第九句"更可"二字，亦必用去、上，"士"字必用上声；第十句"素被"二字，必用去、上。后段第二句"有恨"二字，必用上、去；第三句"悴"字，必用上声；第四句"望久"二字，必用去、上；第六句"旋"字，必用去声；第七句"见"字，亦必用去声；"荐酒"二字，必用去、上；第八句"浪里"二字，亦必用去、上；第九句"但梦想"三字，必用去、去、上，"洒"字必用上声；第十句"照水"二字，必用去、上。此调凡上、去声之必须遵守者，共三十四字，学者宜奉为圭臬也。

检用词韵法

词之用韵,观似较宽于诗。实则较严于诗。盖诗韵止分平仄,而词则于平仄之中,又分上、去、入三声。入本无声,故可平、可上、可去,若夫上、去二声,则各有其特立之独质也。今欲学习填词,不可不先知用韵。

词韵平声独押,上、去声通押,入声亦独押。虽间有三声通押者,然不多见。清初沈谦尝取《诗韵》,分合而成《词韵略》一书,至今填词家皆习用之。此外又有戈载之《词林正韵》,李渔之《词韵》四卷,许昂霄之《词韵考略》,郑春波之《缘猗亭词韵》,谢天瑞、胡文焕之《文会堂词韵》,吴烺、程名世诸人之《学宋斋词韵》,类皆详略不同,宽严各异,而要以沈氏之《词韵略》为最善。

沈氏之本,取证古词,考据甚博。统平、上、去三声为十四部,因入声无与平、上、去通押之法,故又列为五部,共十九部。今列其目于后:

第一部 (平)一东、二冬通用,(仄)(上)一董、二肿,(去)一送、二宋通用

第二部 (平)三江、七阳通用,(仄)(上)三讲、二十二养,(去)三绛、二十二漾通用

第三部 (平)四支、五微、八齐、十灰半通用,(仄)(上)四纸、五尾、八荠、十贿半,(去)四置、五

味、八霁、九泰半、十队半通用

第四部　（平）六鱼、七虞、通用，（仄）（上）六语、七虞，（去）六御、七遇通用

第五部　（平）九佳半、十灰半通用，（仄）（上）九蟹半、十贿半，（去）九泰半、十队半通用

第六部　（平）十一真、十二文、十三元半通用，（仄）（上）十一轸、十二吻、十三阮半，（去）十一震、十二问、十三愿半通用

第七部　（平）十三元半、十四寒、十五删、一先通用，（仄）（上）十三阮半、十四旱、十五潸、十六铣，（去）十三愿半、十四翰、十五谏、十六霰通用，（入）四质、十一陌、十二锡、十三职、十四缉通用

第八部　（平）二萧、三肴、四豪通用，（仄）（上）十七筱、十八巧、十九皓，（去）十七啸、十八效、十九号通用

第九部　（平）五歌独用，（仄）（上）九蟹半、二十哿，（去）二十个通用

第十部　（平）九佳半、六麻通用，（仄）（上）九蟹半、二十一马，（去）九泰半、二十一祃通用

第十一部　（平）八庚、九青、十蒸通用，（仄）（上）二十三梗、二十四迥、二十五拯，（去）二十三映、二十四径、二十五证通用

第十二部　（平）十一尤独用，（仄）（上）二十六

有，(去) 二十六宥通用

第十三部　(平) 十二侵独用，(仄) (上) 二十七寝，(去) 二十七沁通用

第十四部　(平) 十二覃、十四盐、十五咸通用，(仄) (上) 二十八感、二十九琰、三十豏，(去) 二十八勘、二十九艳、三十陷通用

第十五部　(仄) 一屋、二沃通用

第十六部　(仄) 三觉、十药通用

第十七部　(仄) 四质、十一陌、十二锡、十三职、十四缉通用

第十八部　(仄) 五物、六月、七曷、八黠、九屑、十六叶通用

第十九部　(仄) 十五合、十七洽通用

配押词韵法

宋贤词令之妙，不但由其字句之斟酌尽善，即其字句之韵，亦皆配押得当。故凡填词，能纯用一韵者最佳。例如此阕应押平韵者，即于平声中任取一韵；应押仄韵者，即于上、去、入三声中任取一韵。其叶韵，亦即取材于本韵者最妙。如不得已，则始就其相通之韵叶之。今试将词之押平韵者，举例如下。此调前后段各四句，共五韵。

琴调相思引　　阙名

胆样瓶儿几点春韵，剪来犹带水云痕叶。且移孤冷，相伴最深樽叶。　　每为惜花无晓夜，教人甚处不销魂叶！为君惆怅，何独是黄昏叶？

押仄韵（即上、去声）者，例如下。此调前段后段各四句，共六韵。

关河令　　周邦彦

秋阴时作渐向暝韵，变一庭凄冷叶。伫听寒声，云深无雁影叶。　　更深人去寂静叶，但照壁孤灯相映叶。酒已都醒，如何消夜永叶？

押入声韵者，例如下。此调前后段各六句，共十韵。

惜琼花　　张先

汀蘋白韵，苕水碧叶。每逢花驻乐叶，随处欢席叶。别时携手看春色叶，萤火而今，飞破秋夕叶。

河流如带窄叶。任身轻似叶，何计归得叶？断云孤鹜青山极叶，楼上徘徊，无尽相忆叶。

又有押叠韵之调，亦为词中所常见。如下调前后段第一、二句即是。

长相思　　冯延巳

红满枝韵,绿满枝叶,宿雨恹恹睡起迟叶。闲庭花影移叶。　忆归期叶,数归期叶,梦见虽多相见稀叶。相逢知几时叶。

更有三叠押韵之法,如下调前后段结句,皆承上韵叠三字也。

钗头凤　　陆游

红酥手韵,黄藤酒叶,满城春色宫墙柳叶。东风恶换韵,欢情薄叶,一怀愁绪,几年离索叶。错叶、错叠韵、错叠韵。　春如旧叶首仄,人空瘦叶首仄,泪痕红浥鲛绡透叶首仄。桃花落叶二仄,闲池阁叶二仄,山盟虽在,锦书难托叶二仄。莫叶二仄、莫叠韵、莫叠韵。

变换词韵法

诗惟古风换韵,近体则否。而词则无论小令、长调,一阕之中,往往变换无常,或平起而仄结,或仄起而平结。其法分两韵、三韵、四韵三种。兹先将两韵平换仄式列下。此调首句用平,二句叶,三句换仄,四、五句叶。

南乡子（又一体）　　欧阳炯

嫩草如烟平韵，石榴花发海南天叶。日暮江亭春影绿〔渌〕换仄韵，鸳鸯浴叶，水远山长看不足叶。

两韵仄换平式如下。此调前段首句用仄，二句叶，三句换平，四句叶。

感恩多　　牛峤

两条红粉泪仄韵，多少香闺意叶。强攀桃李枝换平韵，敛愁眉叶。　　陌上莺啼蝶舞，柳花飞叶，柳花飞三字叠。愿得郎心，忆家还早归叶。

换两韵而平仄间叶者，式如下。此调前段用平，后段起句换仄，二、三两句叶仄，末句叶前平。

湿罗衣　　毛文锡

荳蔻花繁烟艳深平韵，丁香软结同心叶。翠鬟女，相与共淘金叶。　　红蕉叶里惺惺语换仄韵，鸳鸯浦叶，镜中鸾舞叶。丝雨隔，荔枝阴叶前平。

三韵上、下用平，中间用仄，式如下。此调起韵用平，二韵换仄，三韵再换平。

鹤冲天　　欧阳修

梅谢粉，柳拖金平韵，香满旧园林叶。养花天气半晴阴叶，花好却愁深叶。　　花无数换仄韵，愁无数叶，花好却愁春去叶。戴花持酒祝东风换平韵，千万莫匆匆叶。

三韵上、下用仄，中间用平，式如下。此调起韵用仄，二韵换平，三韵再换仄。

调笑令　　冯延巳

春色，春色仄韵，依旧青山紫陌叶。日斜柳暗花蔫换平韵，醉卧春风少年叶。年少，年少换仄韵，行乐真须及早叶。

换三韵而平仄间叶者，式如下。此调前段首句用平，二句叶平，三句换仄，四句叶仄，五句叶前平；后段首句叶前仄，二句亦叶前仄，三句又叶前平，四句另换仄韵，五句叶仄，六句再叶前平。

定风波　　叶梦得

破萼初惊一点红平韵，又看青子映簾栊叶。冰雪肌肤谁复见换仄韵，清浅叶，尚馀疏影照晴空叶前平。

惆怅年年桃李伴叶前仄，肠断叶前仄，只应芳信负东风叶前平。待得微黄春亦暮换仄韵，烟雨叶。半和飞絮作濛濛叶前平。

换四韵者，大概平仄多相间而用，式如下。此调起韵用仄,二韵换平,三韵再换仄,四韵再换平。

怨王孙　　李清照

梦断漏悄,愁浓酒恼仄韵,宝枕生寒,翠屏尚晓叶。门外谁扫残红换平韵,夜来风叶。　　玉箫声断人何处换仄韵?春又去叶,忍把归期负叶。此情此恨此际,拟托行云换平韵,问东君叶。

尚有全换平韵者,例如下。此调前段用平韵,后段另换平韵。

临江仙　　冯延巳

冷江飘起桃花片,青春意绪阑珊平韵。高楼簾幕卷轻寒叶,酒馀人散,独自倚阑干叶。　　夕阳千里连芳草,风光愁煞王孙换平。徘徊飞尽碧天云叶,凤城何处?明月照黄昏叶。

更有全换仄韵者,例如下。此调前段用仄韵,二段第五句另换仄韵,三段第三句仍换仄韵。

采桑子近　　辛弃疾

千峰云起,骤雨一霎儿价仄韵。更树远斜阳,风景怎生图画叶。青旗卖酒,山那畔,别有人家。只消山水光中无事。过者一霎叶。　　午睡醒时,松窗竹户，万千潇洒。野鸟飞来，又是一飞流万壑叶。共千岩争秀换仄韵，孤负平生弄泉手。叹轻衫帽，几许红尘？还自喜、濯发沧浪依旧叶。　　人生行乐耳！身后虚名，何似生前一杯酒换仄韵。便此地结吾庐叶。待学渊明，更手种门前五柳叶。且归去，父老约重来，问如此青山定重来否叶？

避忌落韵法

词之为道，最忌落韵。"落韵"者，即落腔之谓也。盖用韵之吃紧处，全在起调与毕调。起是始韵，毕是末韵。某调当用何字起，某调当用何字毕，有一定不易之则，词之谐不谐，即由是以判焉。韵各有其类，亦各有其音，用之不紊，始能融入本调，收足本音耳。

韵有四呼、七音、三十一等。呼分开合，音辨宫商，等叙清浊。而其要则有六：一曰穿鼻，二曰展辅，三曰敛唇，四曰抵腭，五曰直喉，六曰闭口。穿鼻之韵，东冬、江阳、庚青蒸三部是也，其字必从喉间反入，穿鼻而出作收韵，故谓之穿鼻。展辅之韵，支微齐灰半、佳半灰半二部是也，其字出口之后，必展两辅如笑状作收韵，故谓之展辅。敛唇之韵，鱼虞、萧肴豪、尤三部是也，其字在口，半启半闭，敛其唇以作收韵，故谓之敛唇。抵腭之韵，真文元半、元半寒删先二部是也，其字将终之际，以舌抵着上腭作收韵，故谓之抵腭。直喉之韵，歌、佳半麻二部是也，其字直出本音以作收韵，故谓之直喉。闭口之韵，侵、覃盐咸二部是也，其字闭其口以作收韵，故谓之闭口。

凡平声十四部已尽于此，上、去即随之，惟入声有异耳。学者明此六音，庶几韵不假借，而起调、毕调自然无不合矣，又何虑其落韵乎？

字 句

填一字句法

词句长短不同,而皆有一定之作法。其最短者,莫如十六字令中之第一句。今举二例于下,其起首之"眠"字、"天"字,即押韵而成一字句也。

十六字令　周邦彦

眠韵,月影穿窗白玉钱叶。无人弄,移过枕函边叶。

前　调　蔡伸

天韵,休使圆蟾照客眠叶。人何在?桂影自婵娟叶。

填二字句法

二字句有四种区别:一、平平,二、仄仄,三、平仄,四、仄平。兹分别举例于下。

所谓平平者,如《南乡子》前段第四句之"茫茫",

后段第四句之"斜阳"是。所谓仄仄者,如《河传》第一句之"曲槛"是。所谓平仄者,如《定风波》前段第四句之"争忍",后段第二句之"肠断",第五句之"音信"是。所谓仄平者,如《河传》后段第六句之"断肠"是。惟一、三两种,均为定格,平仄不能通用;二、四两种,其前一字则可平可仄也。

南乡子 又一体　　冯延巳

细雨湿流光韵,芳草年年与恨长叶。烟锁凤楼无限事,茫茫叶,鸾镜鸳衾两断肠叶。　魂梦任悠扬叶,睡起杨花满绣床叶。薄倖不来门半掩,斜阳叶,负你残春泪几行叶。

河　传 又一体　　顾敻

曲槛仄韵,春晚叶。碧梳纹细,绿杨丝软叶。露花鲜,杏枝繁,莺啭野芜平似剪叶。　直是人间到天上换仄韵。堪游赏叶,醉眼疑屏障叶。步池塘换平韵,惜韶光叶。断肠叶,为花须尽狂叶。

定风波　　欧阳炯

暖日闲窗映碧纱平韵,小池春水浸晴霞叶。数树海棠红欲尽换仄韵,争忍叶,玉闺深掩过年华叶前平。　独凭绣床方寸乱换仄韵,肠断叶,泪珠穿破脸边花叶前平。邻舍女郎相借问换仄韵，音信叶，教人羞道未还家叶前平。

填三字句法

三字句有八种区别：一、平仄仄，二、仄平平，三、平平仄，四、仄仄平，五、平仄平，六、仄平仄，七、平平平，八、仄仄仄。前四种为普通句法，后四种为特别句法。兹特各举一例于下。

所谓平仄仄者，如《归国谣》首句之"江水碧"是。所谓仄平平者，如《南歌子》末句之"恨春宵"是。所谓平平仄者，如《鹤冲天》后段第一、二句之"啼莺散"、"馀花乱"是。所谓仄仄平者，如《长相思》首二句之"汴水流"、"泗水流"是。所谓平仄平者，如《潇湘神》首二句之"斑竹枝"是。所谓仄平仄者，如《天仙子》第五句之"泪珠滴"是。所谓平平平者，如平韵《忆秦娥》首句之"栖乌惊"，后段第五句之"相思情"是。所谓仄仄仄者，如《一叶落》首句之"一叶落"是。

至于三字句之句法，虽有上一下二与上二下一之别，然字数甚少，其语气尚无顿逗之处，填时似可不拘也。

归国谣国一作自，谣一作遥　　冯延巳

江水碧韵，江上何人吹玉笛叶？扁舟远送潇湘客

叶。　芦花千里霜月白叶，伤行色叶，明朝便是关山隔叶。

南歌子歌或作柯　　温庭筠

转盼如波眼，娉婷似柳腰韵。花里暗相招叶。忆君肠欲断，恨春宵叶。

鹤冲天　　李煜

晓月坠，宿烟微平韵，无语枕频欹叶。梦回芳草思依依叶，天远雁声稀叶。　啼莺散换仄韵，馀花乱叶，寂寞画堂深院叶。片红休扫尽从伊叶前平，留待舞人归叶前平。

长相思　　白居易

汴水流韵，泗水流叠韵，流到瓜洲古渡头叶。吴山点点愁叶。　思悠悠叶，恨悠悠叶，恨到归时方始休叶，月明人倚楼叶。

潇湘神　　刘禹锡

斑竹枝韵，斑竹枝叠韵，泪痕点点寄相思叶。楚客欲听瑶瑟怨，潇湘深夜月明时叶。

天仙子　　皇甫松

晴野鹭鸶飞一只韵，水葓花发秋江碧叶。刘郎此日别天仙，登绮席叶。泪珠滴叶，十二晚峰高历历叶。

忆秦娥又一体　　高观国

栖乌惊韵，隔窗月色寒于冰。寒于冰叠三字，淡移梅影，冷印疏棂叶。　　幽香未觉魂先清叶，无端勾起相思情叶。相思情叠三字。恼人无睡，直到天明叶。

一叶落　　唐庄宗

一叶落韵，褰珠箔叶。此时景物正萧索叶。画楼月影寒，西风吹罗幕叶。吹罗幕叠三字，往事思量著叶。

填四字句法

四字句有十二种区别：一、平平仄仄，二、仄仄平平，三、平仄仄平，四、仄平平仄，五、平平平仄，六、仄仄仄平，七、平仄平平，八、仄平仄仄，九、平平仄平，十、仄仄平仄，十一、平仄平仄，十二、仄平平平。前二种为普通句法，后十种为特别句法。今仍各举一例于后。

所谓平平仄仄者，如《减字木兰花》首句之"长亭晚送"是。所谓仄仄平平者，如《减字木兰花》第三句之"小字还家"是。其第一字之平仄，均可通用。若上下两句为对句，则断不能移易。如《绮罗香》第一、二句云"万里飞霜"、"千林落木"是。所谓平仄仄平者，如《四竹园》第四句之"萤度破窗"是。所谓仄平平仄者，如《感皇恩》前段第二句之"数声钟定"，后段第二句之"不堪重省"，第四句之"绮窗依旧"是。所谓平平平仄者，如《感皇恩》第四句之"朝来残酒"是。所谓仄仄仄平者，如《感皇恩》后段第一句之"往事旧欢"是。所谓平仄平平者，如《蝶恋花》前段第二句之"才过清明"，后段第二句之"谁在秋千"是。所谓仄平仄仄者，如《明月逐人来》前段第四句之"软红影里"，后段第五句之"凤帏未暖"是。所谓平平仄平者，如《醉太平》第一、二句之"情高意真"、"眉长鬓青"是。所谓仄仄平仄者，如《荔枝香近》第三句之"舄履初会"是。所谓平仄平仄者，如《调笑令》首二句之"明月明月"，第六七句之"长夜长夜"是。所谓仄平平平者，如《寿楼春》前段第五句之"照花斜阳"，后段第六句之"楚兰魂伤"是。

此外尚有四字全平与全仄之二种，但只长调中特定之格有之，馀不多见。

至于四字句之句法，多系两字平行，间有作上一下三者，则系特别定格，不可改易，学者宜注意之。

减字木兰花　　晏几道

长亭晚送仄韵，都似绿窗前日梦叶。小字还家换平韵，恰应红灯昨夜花叶。　　良时易过换平韵，半镜流年春欲破叶。往事难忘换平韵，一枕高楼到夕阳叶。

绮罗香又一体　　张炎

万里飞霜，千林落木，寒艳不招春妒韵。枫冷吴江，独客又吟愁句叶。正船舣流水孤村，似花绕斜阳归路叶。甚荒沟一片凄凉。载情不去、载愁去叶。

长安谁问倦旅。羞见客颜借酒，飘零如许叶。漫倚新妆，不入洛阳花谱叶。为迥风起舞樽前，尽化作断霞千缕叶。记阴阴绿遍江南，夜窗听暗雨叶。

四竹园四或作西　　周邦彦

浮云护月，未放满朱扉平韵。鼠摇暗壁，萤度破窗，偷入书帏叶。秋意浓，闲伫立庭柯影里换仄叶。好风襟袖先知叶前平。　　夜何其叶，江南路绕重山，心知漫与前期叶。奈向灯前堕泪，肠断萧娘旧日书辞叶，犹在纸摋叶。雁信绝，清宵梦又稀叶前平。

感皇恩 又一体　　周邦彦

小阁倚晴空,数声钟定韵。斗柄垂寒暮天静叶。朝来残酒,又被春风吹醒叶。眼前犹认得,当时景叶。

往事旧欢,不堪重省叶。自叹多愁更多病叶。绮窗依旧,敲遍阑干谁应叶。断肠明月下,梅摇影叶。

蝶恋花　　李煜

遥夜亭皋闲信步韵,才过清明,渐觉伤春暮叶。数点雨声风约住叶,朦胧淡月云来去叶。　桃李依依香暗度叶,谁在秋千,笑里轻轻语叶。一片芳心千万绪叶,人间没个安排处叶。

明月逐人来　　张元幹

花迷珠翠韵,香飘罗绮叶,簾旌外月华如水叶。软红影里,谁会王孙意叶。最乐升平景致叶。　长记叶,宫中五夜,春风鼓吹叶。游仙梦轻寒半醉叶,凤帏未暖,归去熏浓被叶。更问阴晴天气叶。

醉太平　　刘过

情高意真韵,眉长鬓青叶。小楼明月调筝叶,写春风数声叶。　思君忆君叶,魂牵梦萦叶,翠绡香暖云屏叶。更那堪酒醒叶。

荔枝香近　　周邦彦

夜来寒侵酒席，露微泫韵。舃履初会，香泽方熏。无端暗雨催人，但怪灯偏簾卷叶，回顾始觉惊鸿去远叶。　　大都世间最苦，惟聚散叶。到得春残，看即是开离宴叶。细思别后，柳眼花须更谁剪叶？此怀何处消遣叶？

调笑令　　冯延巳

明月韵，明月叠句。照得离人愁绝叶。更深影入空床换平韵，不道帏屏夜长叶。长夜换仄韵，长夜叠句。梦到庭花阴下叶。

寿楼春　　史达祖

裁春衫寻芳韵。记金刀素手，同在晴窗叶。几度因风残絮，照花斜阳叶。谁念我，今无裳叶。自少年消磨疏狂叶，但听雨挑灯，欹床病酒，多梦睡时妆叶。　　飞花去，良宵长叶。有丝阑旧曲，金谱新腔叶。最恨湘云人散，楚兰魂伤叶。身是客，愁为乡叶。算玉箫犹逢韦郎叶。近寒食人家，相思未忘蘋藻香叶。

填五字句法

五字句有四种区别：一、平起仄收，二、仄起平收，

三、平起平收，四、仄起仄收。（六、七字句同。）兹试分别举例于后。

所谓平起仄收者，乃第二字平而末字仄也，如《菩萨蛮》后段第一句之"玉阶空伫立"是。所谓仄起平收者，乃第二字仄而末字平也，如《忆江南》第二句之"独倚望江楼"，末句之"肠断白蘋洲"是。所谓平起平收者，乃第二字平而末字亦平也，如《菩萨蛮》前段末句之"有人楼上愁"，后段末句之"长亭连短亭"是。所谓仄起仄收者，乃第二字仄而末字亦仄也，如《生查子》前段末句之"梁燕双来去"，后段末句之"泪滴黄金缕"是。

以上四种句法，皆上二下三，而属于普通者。又有上一下四一种，则系属于特别者。盖即从四字句上加一字豆也，如《醉太平》前段末句之"写春风数声"，后段末句之"更那堪酒醒"（见前"四字句法"第七阕）；又《兰陵王》第二段第五句之"愁一箭风快"，第八句之"望人在天北"等皆是。

总之，各种句法，虽词谱或注有"可平，可仄"者，究以悉照古人原作为宜。

菩萨蛮　　李白

平林漠漠烟如织仄韵，寒山一带伤心碧叶。暝色入高楼换平韵，有人楼上愁叶。　　玉阶空伫立换仄韵，宿鸟归飞急叶。何处是归程换平韵，长亭连〔更〕

短亭叶。

忆江南　　温庭筠

梳洗罢,独倚望江楼韵。过尽千帆皆不是,斜晖脉脉水悠悠叶。肠断白蘋洲叶。

生查子　　魏承班

烟雨晚晴天,零落花无语韵。愿话此时情,梁燕双来去叶。　　琴韵对薰风,有恨和情抚叶。肠断断絃频,泪滴黄金缕叶。

兰陵王　　周邦彦

柳阴直韵,烟缕丝丝弄碧叶。隋堤上曾见几番,拂水飘绵送行色叶。登临望故国叶,谁识叶？京华倦客叶。长亭路年去岁来,应折柔条过千尺叶。　　闲寻旧踪迹叶,又酒趁哀絃,灯照离席叶。梨花榆火催寒食叶,愁一箭风快,半篙波暖。回头迢递便数驿叶,望人在天北叶。　　悽恻,恨堆积叶。渐别浦萦迴,津堠岑寂叶。斜阳冉冉春无极,念月榭携手,露桥闻笛叶。沉思前事,似梦里,泪暗滴叶。

填六字句法

六字句亦有四种区别,今仍举例如下。

所谓平起仄收者，如《念奴娇》前段末句之"冷香飞上诗句"，后段末句之"几回沙际归路"是。所谓仄起平收者，如《念奴娇》后段第一句之"日暮青盖亭亭"，《调笑令》第五句之"不道帏屏夜长"是（见前"四字句法"第九阕，下同）。所谓平起平收者，如《调笑令》第四句之"更深影入空床"，《水龙吟》首句之"闹花深处层楼"是。所谓仄起仄收者，如《念奴娇》后段第五句之"愁入西风南浦"，《调笑令》第三句之"照得离人愁绝"，末句之"梦到庭花阴下"是。

以上四种句法，或则上二下四，或则上四下二，皆属于普通者。尚有上一下五与上三下三之二种，则系属于特别者。如《青玉案》第二句之"甚杖履来何暮"，即上一下五也；如《水龙吟》前段末句之"都付与莺和燕"，即上三下三也。一则在五字句上加一字豆，一则在三字句上加三字豆。其平仄宜各从原词，不能移易也。

念奴娇　　姜夔

闹红一舸，记来时常与鸳鸯为侣叶。三十六陂人未到，水佩风裳无数叶。翠叶吹凉，玉容消酒，更洒菰蒲雨叶。嫣然摇动，冷香飞上诗句叶。　　日暮青盖亭亭，情人不见，争忍凌波去叶。只恐舞衣容易落，愁入西风南浦叶。高柳垂阴，老鱼吹浪，留我花间住叶。田田多少，几回沙际归路叶。

青玉案　　张炎

万红梅里幽深处韵，甚杖履来何暮叶。草带湘香穿水树叶，尘留不住，云留却住叶，壶内藏今古叶。

独清懒入终南去叶，有忙事修花谱叶。骑省不须重作赋叶，园中成趣，琴中得趣叶，酒醒听风雨叶。

水龙吟　　陈亮

闹花深处层楼，画帘半卷东风软韵。春归翠陌，平沙茸嫩，垂杨金浅叶。迟日催花，淡云阁雨，轻寒轻暖叶。恨芳菲世界，游人未赏，都付与莺和燕叶。

寂寞凭高念远，向南楼一声归雁叶。金钗斗草，青丝勒马，风流云散叶。罗绶分香，翠绡封泪，几多幽怨叶。正销魂，又是疏烟淡月，子规声断叶。

填七字句法

七字句有四种区别，亦如上述。其普通句法，分上二下五与上四下三二种，举例如下。

所谓平起仄收者，如《点绛唇》第二句之"社公雨足东风慢"，《菩萨蛮》首句之"平林漠漠烟如织"是（见前"五字句法"第一阕）。所谓仄起平收者，如《长相思》第三句之"流到瓜洲古渡头"（见前"三字句法"第四阕），

《捣练子》第三句之"断续寒砧断续风"是。所谓平起平收者,如《捣练子》末句之"数声和月到帘栊",《忆江南》第四句之"斜晖脉脉水悠悠"是(见前"五字句法"第二阕,下同)。所谓仄起仄收者,如《忆江南》第三句之"过尽千帆皆不是",《捣练子》第四句之"无奈夜长人不寐"是。

以上四种句法,均前者为上二下五,后者为上四下三。此外尚有特别句法二种:一为上一下六,一为上三下四。如《双双燕》第七句之"又软语商量不定",即上一下六也;如《鹊桥仙》前段末句之"便胜却人间无数",后段末句之"又岂在朝朝暮暮",即上三下四也。实则上一下六者,乃加一字豆于六字句上;上三下四者,乃加三字豆于四字句上。学者可任意填之,不必拘守此法则也。

点绛唇　　寇准

小陌轻寒,社公雨足东风慢韵。定巢新燕叶,湿雨穿花转叶。　　象尺熏炉,拂晓停针线叶。愁蛾浅叶,飞红零乱叶,侧卧珠帘卷叶。

捣练子　　贺铸

深院静,小庭空韵,断续寒砧断续风叶。无奈夜长人不寐,数声和月到帘栊叶。

双双燕 又一体　　史达祖

过春社了，度簾幙中间，去年尘冷韵。差池欲住，试入旧巢相并叶。还相雕梁藻井叶。又软语商量不定叶。飘然快拂花梢，翠尾分开红影叶。　芳径叶，芹泥雨润叶。爱贴地争飞，竞夸轻俊叶。红楼归晚，看足柳昏花暝叶。应是栖香正稳叶，便忘了天涯芳信叶。愁损翠黛双蛾，日日画阑独凭叶。

鹊桥仙　　秦观

纤云弄巧，飞星传恨，银汉迢迢暗度韵。金风玉露一相逢，便胜却人间无数叶。　柔情似水，佳期如梦，忍顾鹊桥归路叶。两情若是久长时，又岂在朝朝暮暮叶。

填对偶句法

词中句法，至七字而尽矣。其七字以上者，大约加一字豆于七字句上，或加三字豆于五字句上，即为八字句；加一字豆于两四字句上，或加三字豆于六字句上，即为九字句。

除此之外，尚有填对句各法。或三、四字者，或五、六、七字者。普通则平与仄对，仄与平对。其有平仄互相自对者，则系词中特别对法。兹试各举一例于下：

三字对者，如《更漏子》前段第一、二句之"柳丝长，春雨细"，第四、五句之"惊寒雁，起城乌"；后段第四、五句之"红烛背，绣簾垂"等皆是。

四字对者，如《踏莎行》前段第一、二句之"小径红稀，芳郊绿遍"，后段第一、二句之"翠叶藏莺，珠簾隔燕"等皆是。

五字对者，如《南歌子》前段第一、二句之"凤髻金泥带，龙纹玉掌梳"，后段第一、二句之"弄笔偎人久，描花试手初"等皆是。

六字对者，如《锦堂春》前段第一、二句之"楼上紫簾弱絮，墙头碍月低花"，后段第一、二句之"舞镜鸾衾翠减，啼珠凤蜡红斜"等皆是。

七字对者，如《浣溪沙》后段第一、二句之"自在飞花轻似梦，无边丝雨细如愁"是。

平仄互相自对者，如《如梦令》第一、二句之"莺嘴啄花红溜，燕尾点波绿皱"是。

学者须知词之工整，虽在属对，然总宜变换流动，断不可仅以字面堆砌也。

更漏子 又一体　　温庭筠

柳丝长，春雨细仄韵。花外漏声迢递叶。惊塞雁，起城乌换平韵。画屏金鹧鸪叶。　　香雾薄换仄韵，透簾幕叶，惆怅谢娘池阁叶。红烛背，绣簾重换平韵，梦长君不知叶。

踏莎行　　晏殊

小径红稀，芳郊绿遍韵。高台树色阴阴见叶。春风不解禁杨花，濛濛乱扑行人面叶。　　翠叶藏莺，珠帘隔燕叶。炉香静逐游丝转叶，一场愁梦酒醒时，斜阳却照深深院叶。

南歌子又一体　　欧阳修

凤髻金泥带，龙纹玉掌梳韵。去来窗下笑相扶叶，爱道画眉深浅入时无叶？　　弄笔偎人久，描花试手初叶。等闲妨了绣工夫叶，爱问鸳鸯两字怎生书叶？

锦堂春　　赵德麟

楼上萦帘弱絮，墙头碍月低花韵。年年春事关心事，肠断欲栖鸦叶。　　舞镜鸾衾翠减，啼珠凤蜡红斜叶。重门不锁相思梦，随意绕天涯叶。

浣溪沙　　秦观

漠漠轻寒上小楼韵，晓阴无赖似穷秋叶。淡烟流水画屏幽叶。　　自在飞花轻似梦，无边丝雨细如愁叶。宝帘闲挂小银钩叶。

如梦令　　秦观

莺嘴啄花红溜韵，燕尾点波绿皱叶。指冷玉笙寒，吹彻小梅春透叶。依旧叶，依旧叠句。人与绿杨俱瘦叶。

规　则

检用词谱法

词谱之种类甚多，为初学所最适用者，莫若《白香词谱》与《填词图谱》两种。两书于每字右旁，均附以平仄符号。平声为○，仄声为●，平而可仄者为◐，仄而可平者为◑。学者按图填字，断无失黏落腔之病。谱中又有数种名称，今特详述于下，俾学者检用之时，不致茫无头绪也。

一曰韵　凡词谱中注有"韵"字者，即每阕词中起首押韵之处。如《感皇恩》（见前"四字句法"第四阕，下同）第二句之"数声钟定"，"定"字即起韵也。

二曰叶　凡词谱中注有"叶"字者，即与上句所押之韵同属一部，而不变换他韵。如《感皇恩》第三句之"斗柄垂寒暮天静"，"静"字与"定"字同属一部，即为叶也。

三曰句　凡词谱中注有"句"字者，即不押韵之句。如《感皇恩》第四句之"朝来残酒"是也。

四曰豆 凡词谱中注有"豆"（本作读，圈去声。）字者，即一句中之顿逗处。如《感皇恩》前半阕末句之"眼前犹认得、当时景"，"得"字处当作顿逗是也。

五曰换 凡词谱中注有"换平"者，必其上句皆押仄韵，至此乃换平韵。如《减字木兰花》（见前"四字句法"第一阕，下同）首二句为"长亭晚送，都似绿窗前日梦"，起句"送"字押仄韵，第二句叶"梦"字，与"送"字同属一部；而第三句乃为"小字还家"，"家"是平韵，即为换平。或上句皆押平韵，至此另换一平韵，亦称"换平"。词谱中注有"换仄"者，必其上句皆押平韵，至此乃换仄韵。如《定风波》（见前"变换词韵法"第六阕，下同）首二句为"破萼初惊一点红，又看青子映帘栊"，起句"红"字押平韵，第二句叶"栊"字，与"红"字同属一部；而第三句乃为"冰雪肌肤谁复见"，"见"是仄韵，即为换仄。或上句皆押仄韵，至此另换一仄韵，亦称"换仄"。既换平韵之后，又换仄韵，与上文之仄韵不同一部者，谓之"三换仄"，如《减字木兰花》后半阕第一句之"良时易过"是，"过"字又换仄韵，与上文之"送"字、"梦"字不同一部也。同属一部者，谓之"叶仄"，如《定风波》后半阕第一句之"惆怅年年桃李伴"是，"伴"字与上文"见"字，同属一部也。既换仄韵之后，又换平韵者，亦同此例。他若由三换仄而四换平，由三换平而四换仄者，更可以此类推。

六曰叠 凡词谱中注有"叠"字者，有四种区别：一、叠句，如《如梦令》（见前"对偶句法"第八阕）第五、六句之"依旧，依旧"是。二、叠字，如《忆秦娥》（见前"三字句法"第七阕）前半阕第三句之"寒于冰"，后半阕第三句之"相思情"，皆叠前句之尾三字也。三、倒叠字，如《调笑令》（见前"四字句法"第九阕）第六、七句之"长夜长夜"，即倒叠前句之尾二字也。四、叠韵。如《长相思》（见前"配押词韵法"第四阕）首二句之"红满枝，绿满枝"，后半阕第一、二句之"忆归期，数归期"，及《钗头凤》（见前"配押词韵法"第五阕）前半阕结处之"错，错，错"，后半阕结处之"莫，莫，莫"，皆是。

七曰阕 词谱中称一首词为一阕。阕者，一曲告终而少息之谓也。凡双调之词，都两阕而成一首，故称词之前半首为前半阕，或称前阕；称词之后半首为后半阕，或称后阕。其长调多至三四阕者，则称第一阕、第二阕，以下类推。

研究要诀法

词以空灵为主，而不入于粗豪；以婉约为宗，而不流于柔曼。音旨绵邈，音节和谐，乐府之正轨也。不善学之，则循其声调，袭其皮毛。笔不能转，则意浅，浅则薄；句不能炼，则意卑，卑则靡。

词要放得开，最忌步步相逢；又要收得回，最忌行行愈远。必如天上人间，去来无迹方妙。

词之章法，不外相摩相荡。如奇正实空、抑扬开合、工易宽紧之类是也。词之承接转换，大抵不外纡徐斗健，交相为用。所贵融会章法，按脉理节拍而出之。

空中荡漾，是词家妙诀。上意本可接入下意，却偏不入，而于其间传神写照，乃愈使下意栩栩欲动。

词要不亢不卑，不触不悖，蓦然而来，悠然而逝。立意贵新，设色贵雅，构局贵变。言情贵含蓄，如骄马弄衔而欲行，粲女窥帘而未出，则得之矣。

白描之句，不可近俗；修饰之句，不可太文。生香活色，当在即、离之间。

僻词作者少，宜浑脱乃近自然；常调作者多，宜生新斯能振动。

小令要言短意长，忌尖弱；中调要骨肉停匀，忌平板；长调要操纵自如，忌粗率。能于豪爽中著一二精致语，绵婉中著一二激厉语，尤见错综之妙。

词有叠字，三字者易，两字者难，要安顿生动；词有对句，四字者易，七字者难，要流转圆惬。

词中吞吐之妙，全在换头、煞尾。换头多偷声，须和缓，和缓则句长节短，可容攒簇；煞尾多减字，须劲峭，劲峭则字过音留，可供摇曳。

词之押韵，不必尽有出处，但不可杜撰。若只用出处押韵，却恐窒塞。

词之句语，有二字、三字、四字、五字，至六、七、八字者。若一味堆垛实字，势必读之不通，合用虚字呼唤。单字如"正、但、甚、任"之类，两字如"莫是、却又、那堪"之类，三字如"莫不是、最无端、又早是"之类。此等虚字，要皆用得其当。若一词之中，两三次用之，便觉不好，谓之"空头字"。不若径用一静字，顶上道下来，句法又健；然亦不可多用。

填词必先选料，大约用古人之事，则取其新僻，而去其陈因；用古人之语，则取其清隽，而去其平实；用古人之字，则取其鲜丽，而去其浅俗。

填词之难，难于上不似诗，下不类曲，立于二者之中。致空疏者填词，无意肖曲，而不觉仿佛乎曲；有学问人填词，尽力避诗，而究竟不离于诗。一则迫于舍此实无，一则苦于习久难变。欲去此二弊，当于浅深高下之间，悉心研究也。

衬逗虚字法

凡人无论作何文字，欲其姿态生动，转折达意，皆不可不知虚字之用法，而填词为尤要也。长调之词，曼声大幅，苟无虚字以衬逗之，读且不能成文，安能望通体之灵活乎？惟用于小令中，则宜加以审慎。

衬逗之字，有一字、二字、三字等类，今试分列如下，俾学者可以采用焉。

一字类

正	但	待	甚	任	只	漫	奈
纵	便	又	况	恰	乍	早	更
莫	似	念	记	问	想	算	料
怕	看	尽	应				

二字类

试问	莫问	莫是	好是	可是	正是
更是	又是	不是	却是	却喜	却忆
却又	恰又	恰似	绝似	又还	忘却
纵把	拚把	那知	那番	那堪	堪羡
何处	何奈	谁料	漫道	怎禁	遥想
记曾	闻道	况值	无端	独有	回念
乍向	只今	不须	多少		

三字类

莫不是	都应是	又早是	又况是	又何妨
又匆匆	最无端	最难禁	更何堪	更不堪
更那堪	那更知	谁知道	君知否	君不见

君莫问	再休提	到而今	况而今	记当时
忆前番	当此际	问何事	倩何人	似怎般
怎禁得	且消受	都付与	待行到	便有人
拚负却	空负了	要安排	嗟多少	

锻炼词句法

古人一艺之成，辄竭其毕生之精力，消磨久长之岁月，而后有所成就，断非卤莽灭裂者所能奏功。况乎填词之学，拘于律，限于韵，长焉而不可减，短焉而不可增。设一阕之中，偶有一语之不工，一字之不稳，则全体必为之减色。盖词家所最忌者，为庸腐，为生硬，若欲语语激得起，字字敲得响，锻炼之功，又曷可少哉？从前填词家，如周清真之典丽，姜白石之骚雅，史梅溪之句法，吴梦窗之字面，皆有独擅胜场之处。今从宋陆辅之《词旨》，摘集古人对句、警句分录于后，以供学者之参考也。

对　句

小雨分山—断云笼口　　烟横山腹—雁点秋容
问竹平安—点花番次　　稚柳苏晴—故溪歇雨
虚阁笼云—小簾通月　　蝉碧勾花—雁红攒月
落叶霞翻—败窗风咽　　风泊渡惊—露零秋冷
花匦幺絃—象奁双陆　　珠蹙花舆—翠翻莲额

汗粉难融—袖香新窃　　种石生云—移花带月
断浦沉云—空山挂雨　　画里移舟—诗边就梦
砚冻凝花—香寒散雾　　系马桥空—移舟岸易
疏绮笼寒—浅云栖月　　竹深水远—台高日出
香茸沾袖—粉甲留痕　　就船换酒—随地攀花
调雨为酥—催冰作水　　做冷欺花—将烟困柳
巧剪兰心—偷粘草甲　　罗袖分香—翠绡封泪
池面冰胶—墙腰雪老　　枕覃邀凉—琴书换日
薄袖禁寒—轻妆媚晚　　倒苇沙闲—枯兰洲冷
绿芰擎霜—黄花招雨　　紫曲迷香—绿窗梦月
暗雨敲花—柔风过柳　　霜杵敲寒—风灯摇梦
盘丝系腕—巧篆垂簪　　翠叶垂香—玉容消酒
金谷移春—玉壶贮暖　　拥石池台—约花栏槛
问月赊晴—凭春买夜　　醉墨题香—闲箫弄玉

警　句

闷来弹鹊，又搅碎一帘花影。徐幹臣　《二郎神》

雁足不来，马蹄难驻，门掩一庭芳景。并同上

尽吸西江，细斟北斗，万象为宾客。扣舷独啸，不知今夕何夕？张于湖　《念奴娇》

寒光庭下水连天，飞起沙鸥一片。同上　《西江月》

花影吹笙，满地淡黄月。范石湖　《醉落魄》

凉满北窗，休共软红说。并同上

灯花结，片时春梦，江南天阔。同上　《忆秦娥》
惟有两行低雁，知人倚画楼月。同上　《霜天晓角》
应把花卜归期，才簪又重数。辛稼轩　《祝英台近》
是他春带愁来，春归何处？却不解将愁带去。并同上
翠销香暖云屏，更那堪酒醒。刘龙洲　《醉太平》
燕子不来花有恨，小院春深。刘静寄　《浪淘沙》
海棠影下，子规声里，立尽黄昏。洪平斋　《眼儿媚》
相思无处说相思，笑把画罗小扇觅春词。

徐山民　《南柯子》
妾心移得在君心，方知人恨深。同上　《阮郎归》
惊起半帘幽梦，小窗淡月啼鸦。刘小山　《清平乐》
千树压西湖寒碧。姜白石　《暗香》
波心荡，冷月无声。同上　《扬州慢》
昭君不惯胡沙远，但暗忆江南江北。同上　《疏影》
墙头唤酒，谁问讯、城南诗客岑寂。高柳晚蝉，报西风消息。同上　《惜红衣》
问甚时、同赋三十六陂秋色。并同上
冷香飞上诗句。同上　《念奴娇》
一般离思两消魂，马上黄昏，楼上黄昏。

刘招山　《一剪梅》
絮飞春尽，天远书沉，日长人瘦。

孙花翁　《烛影摇红》
临断岸，新绿生时，是落红带愁流处。记当日、门掩

梨花，剪灯深夜语。史梅溪 《绮罗香》

愁损玉人，日日画栏独凭。同上 《双飞燕》

恐凤鞋挑菜归来，万一灞桥相见。

同上 《东风第一枝》

新愁万斛，为春瘦，却怕春知。高竹屋 《金人捧露盘》

惊愁搅梦，更不管庾郎心碎。同上 《祝英台近》

悠悠岁月天涯醉，一分秋，一分憔悴。

张东泽 《桂枝香》

揣摩词眼法

填词句法，最宜讲究字面。字面即词中起眼处，故亦谓之"词眼"。讲究之法，当取温飞卿、李长吉、李商隐及唐人诸家诗句中字面之好而不俗者，简炼揣摩。今试摘录于下。每句中之两虚字，即所谓"词眼"也。词眼之下，以·作符号，学者宜注意之。

燕娇莺姹	绿肥红瘦	笼灯燃月	醉云醒月
挑云研雪	柳昏花暝	翠阴香远	玉娇香怨
蝶悽蜂惨	柳腴花瘦	绾燕吟莺	燕昏莺晓
渔烟鸥雨	翠罋红妒	愁胭恨粉	月约星期
雨今云古	恨烟颦雨	燕窥莺认	愁罗恨绮
移红换紫	联诗换酒	选歌试舞	舞勾歌引

选择调名法

词之题意，不外言情、写景、纪事、咏物四种。题意与音调相辅以成。故作者拈得题目，最宜选择调名。盖选调得当，则其音节之抑扬高下，处处可以助发其意趣。其法须将各调音节烂熟胸中，而后始有临时选择之能力。惟是词调多至千有馀体，何题宜用何调，岂能一一记忆？神而明之，仍在学者。兹试述其大略于下：

满江红、念奴娇、水调歌头三体，宜为慷慨激昂之词。小令浪淘沙，音调尤为激越，用之怀古抚今，最为适当。

浣溪沙、蝶恋花二体，音节和婉，作者最多，宜写情，亦宜写景。

临江仙、凄清道上二体，最宜用于写情，对句两两作结，句法更见挺拔。

洞仙歌，宛转缠绵，可以写情，可以纪事，一叠不足，作若干叠者更妙。

祝英台近，顿挫得神，用以纪事，亦甚佳妙。

齐天乐，音调高隽，宜用于写秋景之词。

金缕曲，宜用以写抑郁之情。此调变体甚多。别名"贺新郎"，可赋本意，用以贺婚。

沁园春，多四字对句，宜于咏物。别名"寿星明"，可赋本意，用以祝寿。

高阳台，跌宕生姿，亦为写情佳调。

金菊对芙蓉一调，有迴鸾舞凤之姿，用以纪事、咏物，皆流利可爱。

布置格局法

作文之法，一题到手，先审明其题理，然后命意布局，首尾如何起结，中间如何扼要，振笔疾书，自无枝枝节节、格格不吐之病。作文然，填词亦何独不然？故作者每得一调，必先视其字数多寡，以定局势之广狭；再审其音节之抑扬高下，以定字面之虚实轻重。腔之顿挫处，即词之顿挫处；腔之转折处，即词之转折处。古人填词，往往前半阕写景，后半阕写情；或先写情而后写景，或景中带情，或情中杂景。或单调不尽而双调，而三叠、四叠者，类如叠嶂奇峰，层层入胜；绝非叠床架屋，处处增厌也。

总之，填词之法，先当审题择调，次则命意布局，务于起结之处，首尾衔接；过变之处，血脉贯通。无论几许波折，自能一气卷舒也。

运用古事法

运用古事，莫若明事暗用，隐事明用。如苏东坡之《永遇乐》云："燕子楼空，佳人何在，空锁楼中燕。"用张建封事,入古而化,自是词林妙品。又《点绛唇》云:"不用悲愁,今年身健还高宴。江村海甸,总作空花观。尚想横汾,兰菊纷相半。楼船远,白云飞乱,空有年年雁。"上半用工部句,下半用汉武故事,运实于虚,最得用古之法;姜白石之《疏影》云:"犹记深宫旧事,那人正睡里,飞近蛾绿。"用寿阳公主事,所谓明事暗用也。又云:"昭君不惯胡沙远,但暗记江南江北。想珮环月下归来,化作此花幽独。"用少陵诗,所谓隐事明用也。又《容斋四笔》载朱仲翊咏五月菊词云:"旧日东篱陶令,北窗正傲羲皇。"盖渊明于五六月高卧北窗之下,清风飒至,自谓羲皇上人。用此事于五月菊,洵为清切有味。学者于此,可以悟运用古事之法。

填词起结法

小令篇幅甚短,着墨不多,中间无回旋之馀地,故其起处须意在笔先,结处须意留言外。起处不妨用偏锋,结处最宜用重笔。前半从旁面、侧面做出姿态,略略翻腾,点到本题,立即煞住,而又不可将意思说尽,方为佳构。

小令起句,如周邦彦云:"并刀如水,吴盐胜雪,纤指破新橙。"正是用偏锋也。小令结语,如温庭筠之"一叶叶,一声声,空阶滴到明。"正是用重笔也。此等句法,极锻炼,亦极自然,故能令人掩卷后,犹作三日之想。

长调谋篇立局，须首尾衔接，一气卷舒。其起处宜以骀荡出之，如太原公子褐裘而来，或先于题意作进一层说，或先笼罩全首大意。如辛稼轩之"更能消，几番风雨，匆匆春又归去。"吴梦窗之"送人犹未苦，苦送春随人去天涯。"皆工于发端者也。

长调两结，最为紧要。前结如奔马收缰，尚存后面地步，有住而不住之势；后结如泉流归海，回环通首源流，有尽而不尽之意，方能使通体灵活，无重复堆垛之病。

填词转折法

诗词虽同一机杼，而词家气象，有时与诗微有不同。诗以雄直为胜，宜若长江大河，一泻千里；词以婉转为上，宜若九曲湘流，一波三折。

唐有无名氏咏《醉公子》词云："门外猧儿吠，知是萧郎至。刬袜下香阶，冤家今夜醉。扶得入罗帏，不肯脱罗衣。醉则从他醉，还胜独睡时。"此词始则闻其声至而喜，是一层；继则见其醉而怒，是又一层；继又强扶其醉，使之入帏，转怒为怜，是又一层；又继则强之入帏，不肯脱衣，转怜为恨，是又一层；终则以虽不脱衣，胜于独睡，转恨为恕，自家开脱。一篇之中，语语转，字字折，写尽醉公子态，可谓神乎技矣。读此可以悟填词转折之法。

填词言情法

言情之词,贵乎婉转,最忌率直。语一率直,意即肤浅,势必难成佳构。兹举二例如下,一则怨而不怒,深得《国风》、《小雅》之遗;一写别离之情,哀怨动人,皆可为初学之金科玉律也。

摸鱼儿　　辛弃疾

更能消,几番风雨,匆匆春又归去。惜春长怕花开早,何况落红无数。春且住,见说道,天涯芳草无归路。怨春不语,算只有殷勤,画檐蛛网,尽日惹飞絮。　　长门事,准拟佳期又误,蛾眉曾有人妒。千金纵买相如赋,脉脉此情谁诉?君莫舞,君不见,玉环飞燕皆尘土。闲愁最苦。休去倚危栏,斜阳正在,烟柳断肠处。

琵琶仙　　姜夔

双桨来时,有人似旧曲桃根桃叶。歌扇轻约飞花,蛾眉正奇绝。春渐远,汀洲自绿,更添了几声啼鴂。十里扬州,三生杜牧,前事休说。　　又还是宫烛分烟,奈秋里匆匆换时节。都把一襟芳思,与空阶榆荚。千万缕藏鸦细柳,为玉尊起舞迴雪。想见西出阳关，故人初别。

填词写景法

写景之词，大别之，可分四类：一为山水，二为园囿，三为节令，四为游宴。试各举一例于下：

壶中天　　张炎

扬舲万里，笑当年、底事中分南北。须信平生无梦到，却向而今游历。老柳官河，斜阳古道，风定波犹直。野人惊问，泛槎何处狂客？　　迎面绿叶萧萧，水流沙共远，都无行迹。衰草凄迷秋更绿，惟有闲鸥独立。浪挟天浮，山邀云去，银浦横空碧。扣舷歌断，海蟾飞上孤白。

扫花游　　张炎

烟霞万壑，记曲径幽寻，霁痕初晓，绿窗窈窕。看垂花甃石，就泉通沼，几日不来，一片苍云未扫。自长啸，怅乔木荒凉，都是残照。　　碧天秋浩渺。听虚籁泠泠，飞下孤峭，山空翠老。步仙风、怕有采芝人到。野色闲门，芳草不除更好。境深悄，比斜川又清多少？

风入松　　李肩吾

霜风连夜做冬晴，晓日千门。香葭暖透黄钟管，正玉台彩笔书云。竹外南枝意早，数花开对清樽。

香闺女伴笑轻盈，倦绣停针，花砖一线添红景，看从今迤逦新春。寒食相逢何处？百单五个黄昏。

解语花　　周美成

风销焰蜡，露浥烘炉，花市灯相射。桂华流瓦纤云散，耿耿素娥欲下。衣裳淡雅。看楚女纤腰一把。箫鼓喧阗，人影参差，满路飘香麝。　　因念都城放夜，望千门如昼，嬉笑游冶。钿车罗帕，相逢处，自有暗尘随马。年光是也，惟只见旧情衰谢。清漏移、飞盖归来，从舞休歌罢。

填词纪事法

纪事之词，莫妙于以不言言之。非不言也，寄言也。如寄深于浅，寄厚于轻，寄劲于婉，寄直于曲，寄实于虚，寄正于馀，皆是。今录近人词一阕以为例。

渡江云　　蒋鹿潭

春风燕市酒，旗亭赌醉，花压帽檐香。暗尘随马去，笑掷丝鞭，压〔撅〕笛傍宫墙。流莺别后，问可曾添种垂杨？但听得、哀蝉曲破，树树总斜阳。堪伤，秋生淮海，霜冷关河。纵青衫无恙，换了二分明月，一角沧桑。雁书夜寄相思泪，莫更谈天宝凄凉。残梦醒，长安落叶啼螀。

填词咏物法

咏物之词，最不易作。体认太真，则拘而不畅；摹写稍远，则晦而不明。惟能不脱不黏，方为恰到好处。兹举二例于下，前一阕咏梅，后一阕咏雁，皆能深得此法者也。

瑞鹤仙　　辛弃疾

雁霜寒透幙，正护月云轻，嫩冰犹薄。溪奁照梳掠。想含香弄粉，靓妆难学。玉肌瘦弱，更重重龙绡衬著。倚东风一笑嫣然，转盼万花羞落。　　寂寞。家山何在？雪后园林，水边楼阁。瑶池旧约，鳞鸿更仗谁托。粉蝶儿只解，寻花觅柳，开遍南枝未觉。但伤心、冷淡黄昏，数声画角。

解连环　　张炎

楚江空晚，怅离群万里。恍然惊散，自顾影欲下寒塘。正沙净草枯，水平天远。写不成书，只寄得相思一点。叹因循误了，残毡拥雪，故人心眼。　　谁怜旅愁荏苒，谩长门夜悄，锦筝弹怨。想伴侣犹宿芦花，也曾念春前，去程应转。暮雨相呼。怕蓦地玉关重见。未羞他、双燕归来，画帘半卷。

源　流

探溯词源法

　　词者，乐府之变，肇于汉世，具于六朝。若按其音律，则又雅、颂之遗也。试取《诗》以证之：《召南·殷其雷》篇云："殷其雷，在南山之阳。"此三五言调也。《小雅·鱼丽》篇云："鱼丽于罶，鲿鲨。"此二四言调也。《齐风·还》之篇云："遭我乎峱之间兮，并驱从两肩兮。"此六七言调也。《召南·江有汜》篇云："不我以，不我以。"此叠句调也。《豳风·东山》篇云："我来自东，霖雨其濛。鹳鸣于垤，妇叹于室。"此换韵调也。《召南·行露》篇云"厌浥行露"，其第二章云"谁谓雀无角"，此换头调也。盖古代之诗多可入乐，而后世之词，乃诗之协律者也。故欲探溯填词之源，舍《三百篇》而外，末由他求。今再录诸家之说，以资考证。

　　王述庵《词综》序云："盖词实继古诗而作，而本于乐。乐本乎音，有清浊、高下、轻重、抑扬之别，乃为五音十二律以著之。非句有长短，无以宣其气而达其音，故孔氏颖达《诗正义》谓：风、雅、颂有一二字为句，及至八九字为句者，所以和人声而无不均也。《三百篇》后，楚辞亦以长短为声。至汉《郊祀歌》、《铙吹曲》、《房中歌》，莫不皆然。苏、李画以五言，而唐时优伶所歌，则七言绝句，其馀皆不入乐府。李太白、张志和以词续乐府，不知者谓诗之变，而其实诗之正也。由唐而宋，多取词入于乐府，不知者谓乐之变，而其实所以合乐也。"

又云："国朝念诗乐失传甚久，命儒臣取《三百篇》谱之，著以四上五六诸音，列以琴瑟箫管诸器，于是《三百篇》皆可奏之乐部。今之词，苟使伶人审其阴阳平仄，节其太过而济其不足，安有不可入乐之词？可入乐，即与诗之入乐无异也。是词乃诗之苗裔，且以补诗之穷。余故表而出之，以为今之词即古之诗，即孔氏之所谓长短句。"

朱竹垞《群雅集》序云："用长短句制乐府歌词，由汉迄南北朝皆然。唐初以诗被乐，填词入调，则自开元、天宝始。逮五代十国，作者渐多，有《花间》、《尊前》、《家宴》等集。宋之太宗，洞晓音律，制大小曲，及因旧曲造新声，施之教坊舞队，曲凡三百九十；又琵琶一曲，有八十四调。仁宗于禁中度曲时，有若柳永；徽宗大晟名乐时，有若周邦彦、曹组、辛次膺、万俟雅言，皆明于宫调、无相夺伦者也。洎乎南渡，家各有词，虽道学如朱仲晦、真希元，亦能倚声中律吕，而姜夔审音尤精。终宋之世，乐章大备。四声二十八调，多至十馀曲，有引、有序,有令、有慢、有近、有犯、有赚,有歌头、有促迫,有摊破、有摘遍、有大遍、有小遍,有转踏、有转调,有增减字、有偷声。惟因刘昺所编《燕乐新书》失传,而八十四调图谱不见于世。虽有歌师、板师,无从知当日之琴趣箫笛谱矣。"

楼上舍俨曰:"诗变为词,词变为曲,历世久远。声律之分合,均奏之高下,音节之缓急过渡,既不得尽知;至若作者才思之深浅,不系文字之多寡。顾世之作谱者,类从《归自谣》,铢累寸积,及于《莺啼序》而止。以字之长短分调,安能各得其所?莫如论宫调之可知者序于前,馀以时代先后为次,斯世运升降,可以观焉。"

方成培《香研居词麈》原词之始云:"古者诗与乐合,而后世诗与乐分。古人缘诗而作乐,后人倚调以填词。古今若是其不同,而钟律宫商之理未尝有异也。自五言变为近体,乐府之学几绝。唐人所歌,多五七言绝句,必杂以散声,然后可被之管弦,如《阳关》必至三叠而后成者,此自然之理。后来遂谱其散声,以字句实之,而长短句兴焉。故词者,所以济近体之穷,而上承乐府之变也。"

观于以上诸说,则于词之源流,已甚明晰。试再进而述词与曲之同异也。

分别词曲法

词、曲同源,古今一体。如南北剧与词同者,小令之忆王孙,即北剧仙吕调;中调之青杏儿,即北剧小石调。他若小令之捣练子、生查子、点绛唇、卜算子、谒金门、忆秦娥、海棠春、秋蕊香、燕归巢、浪淘沙、鹧鸪天、虞美人、鹊桥仙、步蟾宫、梅花引、霜天晓角,中调之唐多令、一剪梅、行香子、破阵子、天仙子、青玉案、风入松、剔银灯、恋芳春、意难忘、传言玉女、祝英台近,长调之满江红、满庭芳、念奴娇、绛都春、高阳台、喜迁莺、真珠簾、齐天乐、二郎神、花心动、烛影摇红、东风第一枝,皆南剧之引子。小令之柳梢青、贺圣朝,中调之醉春风、蓦山溪、红林檎近,长调之声声慢、桂枝香、永遇乐、解连环、沁园春、贺新郎、哨遍、八声甘州,皆南剧之慢词。

词与曲本不分,自古无不可入乐之词。后因作者不明律吕,所填之词不入调,而语则甚佳,读者不忍割弃,于是以不可度之腔,谓之词;即以可唱之词,别名为曲,而词、曲遂分。况乎金元以降,乐律失传,填词者但就古人成法,不敢稍变;而制曲则宫、谱俱存,尽可偷声减字,伸缩于轨律之中。以是之故,词与曲之途径日歧,而不得不分别也。

辩别词体法

词体丛杂,各家词谱,盲从臆测,均不能无差误。如粉蝶儿与惜奴娇，本为两体，而张南湖《诗馀谱》与舒梦兰《白香词谱》，则误而为一。如念奴娇之与无俗念、百字谣，贺新郎之与金缕曲，金人捧露盘之与上西平，本为一体，而程明《善啸馀谱》，则分载数体。他若燕台春即燕春台，大江乘即大江东，秋霁即春霁，棘影即疏影，因讹字而列数体。甚至错乱句读、增减字数，而强缀标目、妄分韵脚者，更不一而足。

万红友《词律》出版较晚，于诸书多所纠正，学者可取之以为参考，庶于辩别词体，有头绪可寻，不致茫无适从也。

考正调名法

唐人之词，必缘题制调，故词旨多与调名相符。如临江仙则言水仙，女冠子则述道情，河渎神则缘祠庙，巫山一段云则状巫峡，醉公子则咏公子醉也。宋人则因调填词，故词旨多与调名不合。如"流水孤村"、"晓风残月"等篇，皆与调名无与。甚至衍为慢、引。新声日繁，每创一曲，辄制异名，而调名之庞杂，至于不可胜计。

今欲加以考正，则不可不知调名之起源。例如蝶恋花，取梁元帝"翻阶蛱蝶恋花情"句。满庭芳，取吴融"满庭芳草易黄昏"句。点绛唇，取江淹"白雪凝琼貌，明珠点绛唇"句。鹧鸪天，取郑嵎"春游鸡鹿塞，家在鹧鹧天"句。惜馀春,取太白赋语。浣溪沙,取少陵诗意。青玉案,取《四愁诗》语。踏莎行,取韩翃"踏莎行草过青溪"句。西江月,取卫万"只今惟有西江月"句。菩萨蛮,西域妇髻也。苏幕遮,西域妇帽也。尉迟杯,尉迟敬德饮酒,必用大杯也。兰陵王,每入阵,必先歌其勇也。生查子(查,古槎字),取张骞乘槎事也。玉楼春,取白乐天"玉楼宴罢醉和春"句也。丁香结,取古诗"丁香结新恨"句也。霜叶飞,取杜诗"清霜洞庭叶,故欲别时飞"句也。清都宴,取沈隐侯"朝上阊阖宫,夜宴清都阙"句也。风流子出《文选》注:风流,言其风美之声,流于天下;子者,男子之通称也。荔枝香出《唐书》:贵妃生日,命小部奏新曲,未有名;适进荔枝至,因名"荔枝香"。解语花出《天宝遗事》,明皇称贵妃语。解连环出《庄子》,"连环可解也"。华胥引出《列子》,"黄帝昼寝,梦游华胥之国"。塞垣春,"塞垣"二字出《后汉书·鲜卑传》。玉烛新,"玉烛"二字出《尔雅》。多丽,妓名,善琵琶者也。念奴娇,唐明皇宫人念娇也。

以上所举,不过十之一二。学者读唐人之词,不难望文生义,而一一考正也。

讲究令慢法

词有小令、中调、长调之分。唐之乐,皆小令也。其后以小令微引而长之，于是有阳关引、千秋岁引、江城梅花引之类；又谓之近，如诉衷情近、祝英台近之类。"引"者、"近"者，谓以音调相近，从而引之也。引而愈长者谓之慢，如木兰花慢、长亭怨慢、拜新月慢之类。慢与曼通。曼之训，引也、长也。

　　总之，"令"者，乐家所谓小令也；"引"与"近"者，乐家所谓中调也；"慢"者，乐家所谓长调也。不曰令、曰引、曰近、曰慢，而曰小令、中调、长调者，取人人易解，又能包括众题也。

　　至钱塘毛氏以五十八字以内为小令，五十九字至九十字为中调，九十一字以外为长调。万红友驳斥之，谓少一字即短，多一字即长，必无是理，故其《词律》不分小令、中调、长调等名。其实二氏之说，多不近理。夫小令即引子也，中调即过曲也，长调即慢词也。在曲谱中固有区别，岂得谓词调中可无讲究乎？

派　别

晚唐诸家词法

词之派别始于晚唐，李白、温庭筠而后，作者辈出，《花间》所选，未逮十一。李字太白，生于蜀昌明之青莲乡，故又号"青莲居士"。天才英特。贺知章见其文，叹为"谪仙"，言于玄宗，供奉翰林。后坐事流夜郎，遇赦得还。其所为词，当以《菩萨蛮》、《忆秦娥》二阕为百代词祖，不特音节顿挫，与诗迥异；即以文体而论，亦复清奇秀折。他若韦应物、戴叔伦、王建、韩翃辈，亦皆各创新调。而温庭筠根柢《离骚》，填词最工。温字飞卿，太原人。少敏悟，工为词章，然无行，不修边幅，所作多侧词艳曲。与丞相令狐绹友善，会宣宗爱唱《菩萨蛮》词，令狐绹假其修撰，密进取媚，戒庭筠勿泄，而庭筠遽以告人，由是疏之。兹举李、温二人之词各一阕于后。

忆秦娥　　李白

箫声咽，秦娥梦断秦楼月。秦楼月，年年柳色，灞陵伤别。　　乐游原上清秋节，咸阳古道音尘绝。音尘绝，西风残照，汉家陵阙。

菩萨蛮　　温庭筠

小山重叠金明灭，鬓云欲渡香腮雪。懒起画娥眉，弄妆梳洗迟。　　照花前后镜，花面交相映。新帖绣罗襦，双双金鹧鸪。

五代诸家词法

五代君臣咸好声律，词华之美，尤推南唐父子。后主李煜，字重光，元宗第六子。善为词，其所作小令，莫不清逸绵丽，出色当行。同时蜀有韦庄、牛峤、毛文锡、欧阳炯等，皆以词鸣。而南唐冯延巳尤缠绵可爱。冯字正中，广陵人，著有《阳春集乐府》一卷。今录后主煜及冯词各一阕于下：

浪淘沙　　李煜

帘外雨潺潺，春意阑珊。罗衾不耐五更寒，梦里不知身是客，一晌贪欢。　　独自莫凭栏，无限江山。别时容易见时难，流水落花春去也，天上人间。

蝶恋花　　冯延巳

六曲阑干偎碧树,杨柳风轻,展尽黄金缕。谁把钿筝移玉柱,穿帘燕子双飞去。　满眼游丝兼落絮。红杏开时,一霎清明雨。浓睡觉来莺乱语,惊残好梦无寻处。

两宋诸家词法

两宋之间,词学大盛。宋初柳永之《乐章集》,最为擅名。永,初名三变,字耆卿,崇安人。景祐元年进士,官至屯田员外郎,故世号"柳屯田"。为举子时,好狭邪游。善为歌词,教坊乐工,每得新腔,必求永为之词,始行于世。馀如晏氏父子,善于言情。殊字同叔,临川人,仁宗朝为相,卒谥元献。其诗文本近西昆体,故词亦婉丽,有《珠玉词》一卷,张子野为之序。张,名先,吴兴人,其词与耆卿齐名。晏子几道,有《小山词》。欧阳永叔亦好词,不让晏氏父子。东坡则豪情胜概,不可一世。人或病其粗霸,而以"铜喉铁板"讥之,不知坡词亦自成一体。盖词自晚唐五代以来,至柳永而一变,至东坡而又一变,悲歌慷慨,旁若无人。坡后以词著者,有晁无咎、周邦彦诸人,而贺铸又称霸一时,词绝幽艳。南渡以降,辛弃疾、刘过师法东坡,好为豪壮语;姜夔、吴文英,则仍以警丽为工。继起者,更有史达祖、高观国诸人,清奇秀逸,并为一时之选。兹将诸家词之传诵者，各举一阕于下。

卜算子　　柳永

江枫渐老，汀蕙半凋，满目败红衰翠。楚客登临，正是暮秋天气。引疏砧、断续残阳里。对晚景、伤怀念远，新愁旧恨相继。　　脉脉人千里。念两处风情，万重烟水。雨歇天高，望断翠峰十二。尽无言、谁会凭高意，纵写得、离肠万种，奈归鸿〔云〕谁寄！

踏莎行　　晏　殊

碧海无波，瑶台无〔有〕路，思量便合双飞去。当时轻别意中人，山长水远知何处？　　绮席凝尘，香闺掩雾，红笺小字凭谁附？高楼目尽欲黄昏，梧桐叶上萧萧雨。

临江仙　　晏几道

梦后楼台高锁，酒醒簾幕低垂。去年春恨却来时，落花人独立，微雨燕双飞。　　记取〔得〕小蘋初见，两重心字罗衣。琵琶絃上说相思，当时明月在，曾照彩霞〔云〕归。

青门引　　张先

乍暖还轻冷，风雨晚来方定。庭轩寂寞近清明，残花中酒,又是去年病。　　楼头画角风吹醒,入夜重门静。那堪更被明月,隔墙送过秋千影!

蝶恋花　　欧阳修

庭院深深深几许?杨柳堆烟,簾幕无重数。玉勒雕鞍游冶处,楼高不见章台路。　　雨横风狂三月暮,门掩黄昏,无计留春住。泪眼问花花不语,乱红飞过秋千去。

念奴娇　　苏轼

大江东去,浪淘尽、千古风流人物。故垒西边,人道是、三国周郎赤壁。乱石穿空,惊涛拍岸,卷起千堆雪。江山如画,一时多少豪杰。　　遥想公瑾当年,小乔初嫁了,雄姿英发。羽扇纶巾,谈笑间、樯橹灰飞烟灭。故国神游,多情应笑我、早生华发。人生如梦,一尊还酹江月。

青玉案　　贺铸

凌波不过横塘路,但目送,芳尘去。锦瑟华年谁与度?月台花榭,琐窗朱户,惟有春知处。　　碧云冉冉蘅皋暮,彩笔新题断肠句。试问闲愁都几许?一川烟草,满城风絮,梅子黄时雨。

念奴娇　　辛弃疾

野棠花落，又匆匆过了，清明时节。划地东风欺客梦，一枕云屏寒怯。曲岸持觞。垂杨系马，此地曾经别。楼空人去，旧游飞燕能说。　　闻道绮陌东头，行人曾〔长〕见，帘底纤纤月。旧恨春江流不尽〔未断〕，新恨云山千叠。料得明朝，尊前重见，镜里花难折。也应惊问，近来多少华发？

暗　香　　姜夔

旧时月色，算几番照我，梅边吹笛？唤起玉人，不管清寒与攀摘。何逊而今渐老，都忘却春风词笔。但怪得竹外疏花，香冷入瑶席。　　江国，正寂寂。叹寄与路遥，夜雪初积。翠樽易〔泣〕，红萼无言耿相忆。长记曾携手处，千树压西湖寒碧，又片片吹尽也，几时见得？

金元诸家词法

金元以后，词学日芜。金初有吴激、蔡松年二人，继之者为元遗山。遗山之作，出入苏、辛、姜、史，实集两宋之大成。兹试将三家之词，各举一阕如下：

人月圆　　吴激

南朝千古伤心地〔事〕,还〔犹〕唱后庭花。旧时王谢,堂前燕子,飞入谁家? 恍然在遇〔一梦〕,天姿〔仙肌〕胜雪,宫鬟堆鸦。江州司马,青衫泪湿,同是天涯。

月华清　　蔡松年

楼倚明河,山蟠乔木,故国秋光如水。常记得、别时月冷,半山环佩。到而今、桂影寻人,端好在竹西歌吹。如醉,望白蘋风里,关山无际。 可惜琼瑶千里,有少年玉人,吟笑天外。脂粉清晖,冷射藕花冰蕊。念老去、镜里流年,空解道、人生适意。谁会? 更微云疏雨〔粒〕,满空〔空庭〕鹤唳。

临江仙　　元好问

自笑此身无定在,北州又复南州。买田何日遂归休,向来凡落落,此去亦悠悠。 赤日黄尘三百里,嵩邱几度登楼。故人多在玉溪头,清泉明月晓,高柳乱蝉秋。

明代诸家词法

明承元季遗习,不脱纤秾缛丽之弊。惟刘基、高启二人，堪称作者。基字伯温，青田人，洪武朝为御史中丞，封诚意伯。启字季迪，长洲人，元末避张士诚之乱，遁居松江之青邱。洪武初，召修《元史》，授翰林院国史编修，坐罪被诛。其后有周用、夏言、杨用修、王好问、马洪等先后继起，追摹两宋，虽未能毕肖，然自是以往，研究者众，词学复兴矣。至崇祯朝，华亭陈子龙起，神韵天然，逼近五季，遂蔚为一代词宗。

临江仙　　刘基

街鼓无声春漏咽，不知残夜如何？玉绳历落耿银河，鹊惊穿暗树，露坠滴寒莎。　　梦里相逢还共说，五湖烟水渔蓑。镜中绿发渐无多，泪如霜后叶，摵摵下庭柯。

行香子　　高启

如此红妆，不见春光，向菊前莲后才芳。雁来时节，寒浥罗裳。正一番风，一番雨，一番霜。　　兰丹不采，寂寞横塘。强相依、暮柳成行。湘江路远，吴苑池荒。恨月濛濛，人杳杳，水茫茫。

龙山花子　　陈子龙

杨柳凄迷晓雾中，杏花寒落五更钟，寂寂景阳宫外月，照残红。　　蝶化彩衣金缕尽，虫衔画粉玉楼空。惟有无情双燕子，舞东风。

清代诸家词法

清初词人，当以龚鼎孳、吴伟业为最。二人皆明季遗臣，入清复仕，乃为时论所讥。惟其词在屯田、淮海之间，均不愧为一代作家。继之者有宋徵舆、钱芳标、顾贞观、王士祯、纳兰性德、彭孙遹、沈丰垣、陈维崧、朱彝尊诸人。而渔洋尤杰出，格力风韵，仿佛晏叔原、贺方回。康、乾之际，言词者大率宗尚朱、陈。厉鹗、过春山学朱，郑燮、蒋士铨学陈，然皆不免佻巧粗犷之病。惟太仓诸王，戛然独异，导源晏、欧，能自成一家。阳湖张惠言与其弟琦，选唐宋诸家词为《词选》一书，于是朱、陈二家之外，别成常州一派，恽敬、左辅、丁履恒、李兆洛辈附之，根基益固。其后效之者，有龚巩祚、庄棫、谭廷献诸人。其不入常州派者，有戈载、项鸿祚、蒋敦复、姚燮诸人。而顺卿持律尤谨，尝著《词林正韵》一书，为世所重云。

点绛唇　龚鼎孳

帘外河桥，绿围裙带无人主。绣鞯行处，踏碎梨花雨。　日送春山，南浦烟光暮。牢春去，柔肠无数，苏小门前路。

如梦令　　吴伟业

镇日莺愁燕懒，遍地落红谁管？睡起爇沉香，小饮碧螺春盌。簾卷，簾卷，一任柳丝风软。

蝶恋花　　王士祯

凉夜沉沉花漏冻，倚枕无卧，渐听荒鸡动。此际闲愁郎不共，月移窗罅春寒重。　　忆共锦衾无半缝，郎似桐花，妾似桐花凤。往事迢迢徒入梦，银筝断续连珠弄。

踏莎行　　王时翔

嫩嫩烟丝，轻轻风絮，绛旗斜飐秋千处。花枝照得画楼空，薄情燕子和人去。　　冷落阑干，凄清院宇，夕阳西下明残雨。一双红豆寄相思，远帆点点春江路。

踏莎行　　王汉舒

短烛三条，冻梅一树，月痕窗外徐徐去。落灯天似晚秋寒，病春人卧销魂处。　　拨火香残，弹丝调苦，客愁央及啼鸦诉。梦中寻梦几时醒，小桥流水东风路。

水调歌头　　张惠言

长鑱白木柄，劚破一庭寒。三枝两枝生绿，位置小窗前，要使花颜四面，和著草心千朵，向我十分妍。何必兰与菊，生意总欣然。　　晓来风，夜来雨，晚来烟，是他酿就春色，又断送流年。便欲诛茆江上，只怕空林衰草，憔悴不堪怜。歌罢且更酌，与子绕花间。

菩萨蛮　　张琦

横塘日日风吹雨，隔簾却望江南路。蝴蝶惯轻盈，风齐魂屡惊。　　阑干人似玉，黛影分窗绿。斜日照屏山，相思罗袖寒。

步　月　　戈载

梨月笼晴，柳烟摇暝，绣隄夜景凄寂。嫩寒翦翦，逗一丝风力。记携酒流水画桥，听莺语翠阴无迹。如今换、彻晓唤鹃，尽情啼急。　　蘼芜芳径窄，香影梦模糊，云暗愁碧。玉箫甚处，正灯飘华席。问知否？门外乱红，已零落钿车消息。归来也，莲漏隔花静滴。

格　调

填十六字令法

十六字令，又名苍梧谣。十六字，四句三韵。调如下：

　　天韵，休可仄使圆蟾照客眠叶。人何在？桂可平影自蝉娟叶。　　——蔡伸

填南歌子调法

南歌子，"歌"一作"柯"，又名春宵曲。二十三字，五句三韵。调如下：

　　转盼如波眼，娉婷似柳腰韵。花可仄里暗相昭叶。忆可平君肠欲断，恨春宵叶。　　——温庭筠

填渔歌子调法

渔歌子，一名渔父。二十七字，五句四韵。调如下：

　　西塞山前白鹭飞韵，桃花流水鳜鱼肥叶。青箬

笠，绿蓑衣叶，斜风细雨不须归叶。　　——张志和

填忆江南调法

忆江南，又名梦江南、望江南、谢秋娘、梦江口、望江梅、春去也。二十七字，五句三韵。调如下：

兰烬可平落，屏可仄上暗红蕉韵。闲可仄梦江可仄南梅熟日，夜可平船吹可仄笛雨潇潇叶，人可仄语驿边桥叶。　　——皇甫松

填捣练子调法

捣练子，又名深院月。二十七字，五句三韵。调如下：

深院静，小庭空韵。断可平续寒砧断可平续风叶。无可仄奈夜可平长人不寐，数可平声和月到帘栊叶。
——李煜

填忆王孙调法

忆王孙，又名豆叶黄、栏杆万里心。三十一字，五句五韵。调如下：

萋可仄萋芳可仄草忆王孙韵，柳可平外楼高空可仄

断魂叶。杜可平宇声声不作平忍闻叶，欲黄昏叶，雨可平打梨花深可仄闭门叶。　——李重元

填调笑令调法

调笑令，又名宫中调笑、转应曲、三台令。三十二字，六句八韵。调如下：

明月韵，明月叠句，照得可平离可仄人愁可仄绝叶。更可仄深影可平入空可仄床换平，不可平道帏可仄屏夜长叶平。长夜换仄，长夜叠句，梦可平到庭可仄花阴可仄下叶。　——冯延巳

填如梦令调法

如梦令，又名忆仙姿、宴桃源。三十三字，六句五韵。调如下：

遥可仄夜月可平明如水韵，风可仄紧驿亭深闭叶。梦可平破鼠窥灯，霜可仄送晓寒侵被叶。无寐叶，无寐叠句，门可仄外马嘶人起叶。　——秦观

填归自谣调法

归自谣，"自"一作"国"，"谣"一作"遥"。三十四

字，前后二段，各三句，共六韵。调如下：

何处笛韵，深可仄夜梦可平回情脉脉叶，竹可平风簾可仄雨寒窗隔叶。　离人几可平岁无消可仄息叶，令头白叶，不可平眠特可平地重相忆叶。——欧阳修

填相见欢调法

相见欢，又名乌夜啼、上西楼、秋夜月。三十六字，前段四句，后段五句，共五韵，又换二韵。调如下：

无可仄言独可平上西楼韵，月如钩叶。寂可平寞梧可仄桐深院、锁清秋叶。剪可平不可平断换仄，理可平还可仄乱叶仄，是离愁叶平。别可平是一可平般〔番〕滋味在心头叶平。——李煜

填长相思调法

长相思，又名双红豆、忆多娇、青山相送迎。三十六字，前后段各四句，共八韵。调如下：

红可仄满可平枝韵，绿可平满可平枝叶，宿可平雨厌厌睡可平起迟叶，闲可仄庭花可仄影移叶。　忆可平归可仄期叶，数可平归可叶仄期，梦可平见虽多相可仄见稀叶，相可仄逢知可仄几时叶？——冯延巳

填醉太平调法

醉太平,又名醉思凡、四字令。三十八字,前后段各四句,共八韵。调如下:

情可仄高意真韵,眉长鬓青叶。小可平楼明可仄月调筝叶,写春风数声叶。　　思可仄君忆君叶,魂牵梦萦叶。翠可平绡香可仄暖云屏叶,更那堪酒醒叶。
　　——刘过

填昭君怨调法

昭君怨,又名一痕沙、宴西园。四十字,前段四句,二仄二平韵;后段四句,换二仄二平韵。调如下:

春可仄到南可仄楼雪可平尽韵,惊可仄动灯可仄期花可仄信叶,小可平雨一番寒换平,倚阑干叶平。莫可平把阑可仄干频可仄倚三换仄,一可平望几可平重烟可仄水三仄叶。何可仄处是京华四换平,暮云遮叶四平。　　——万俟雅言

填酒泉子调法

酒泉子,四十字,前段五句,后段五句,二平三仄

韵。调如下：

闲可仄卧绣可平帏韵，慵可仄想万可平般情宠换仄。锦檀偏，翘股重叶仄，翠云敧叶平。　　暮可平天屏可仄上春山碧三换仄，映香烟雾隔叶三仄。惠兰心，魂梦役叶三仄，敛蛾眉叶平。　　——毛熙震

填生查子调法

生查子，四十字，两段四韵。调如下：

烟可仄雨晚晴天，零可仄落花无语韵。难可仄话此时情，梁可仄燕双来去叶。　　琴可仄韵对薰风，有可平恨和情抚叶。肠可仄断断絃频，泪可平滴黄金缕叶。　　——魏承班

填点绛唇调法

点绛唇，又名点樱桃、南浦月。四十一字，前段四句，后段四句，共七韵。调如下：

一可平夜东风，枕边吹可仄散愁多少韵？数声啼鸟叶，梦可平转纱窗晓叶。　　来可仄是春初，去可平是春将老叶。长亭道叶，一般芳草叶，只可平有归时好叶。　　——曾允元

填浣溪沙调法

浣溪沙,"沙"或作"纱",又名满院春、广寒秋、霜菊黄、踏花天。四十二字,两段五韵。调如下:

枕可平障熏炉冷绣帏韵,二可平年终可仄日苦相思叶。杏可平花明可仄月尔应知叶。　　天可仄上人可仄间何处去?旧可平欢新可仄梦觉来时叶。黄可仄昏微可仄雨画簾垂叶。　　——张曙

填菩萨蛮调法

菩萨蛮,又名重叠金、子夜歌、巫山一片云。四十四字,前段四句,二仄二平;后段四句,亦二仄二平,共八韵。调如下:

小可平山重可仄叠金明灭韵,鬓可平云欲可平度香腮雪叶。懒可平起画蛾眉换平,弄可平妆梳可仄洗迟叶平。　　照可平花前后镜三换仄,花可仄面交相映叶仄。新可仄贴绣罗襦四换平,双可仄双金可仄鹧鸪叶平。
　　——温庭筠

填卜算子调法

卜算子,又名缺月挂梧桐、孤鸿、百尺楼。四十四

字，两段四韵。调如下：

缺可平月挂疏桐，漏可平断人初定韵。时可仄见幽人独往来，缥可平缈孤鸿影叶。　惊可仄起却回头，有可平恨无人省叶。拣可平尽寒枝不肯栖，寂可平寞沙洲冷叶。　——苏轼

减字木兰花法

减字木兰花，四十四字，前段四句，二仄二平；后段四句，又换韵，亦二仄二平。调如下：

雨可平簾高可仄卷韵，芳可仄树阴阴连别馆叶。凉可仄气侵楼可平，蕉可仄叶荷枝各自秋叶平。　前可仄溪夜可平舞三换仄，化可平作惊可仄鸿留不住叶仄。愁可仄损腰肢四换平，一可平桁香销旧可平舞衣叶平。
——吕渭老

填丑奴儿调法

丑奴儿，又名采桑子、罗敷媚、罗敷艳歌。四十四字，前后段各四句，共六韵。调如下：

蜻可仄蜓领可平上河梨子，绣可平带双垂韵。椒可仄户闲时叶，竞可平学撑蒲赌可平荔枝叶。　丛可仄头鞶可仄子红编细，裙可仄窣金丝叶。无可仄事颦眉

叶，春可仄思翻教阿可平母疑叶。　　——和凝

填诉衷情调法

诉衷情，又名桃花水。四十四字，两段十句六韵。调如下：

烧可仄残绛可平蜡泪成痕韵，街可仄鼓报黄昏叶。碧可平云可仄又可平阻可平来信，廊可仄上月侵门叶。

愁永夜，拂香裯叶，待谁温叶？梦可平兰憔悴，掷可平果凄凉，两可平处销魂叶。　　——王益

填谒金门调法

谒金门，又名花自落、垂杨碧、空相忆。四十五字，前后段各四句，共八韵。调如下：

空相可仄忆韵，无可仄计得可平传消息叶。天可仄上嫦可仄娥人不识叶，寄可平书何处觅叶？　　新可仄睡觉可平来无可仄力叶，不可平忍看可平伊书可仄迹叶。满可平院落可平花春寂寂叶，断可平肠芳草碧叶。

——韦庄

填好事近调法

好事近，一名钓船笛。四十五字，前后段各四句，共

七韵。调如下：

叶可平暗乳莺啼，风可仄定老可平红犹落韵。蝴可仄蝶不可平随春去，入薰风池阁叶。　　休可仄歌金可仄缕劝金卮，酒病可平然如昨叶。帘可仄卷日可平长人静，任杨可仄花飘泊叶。　　——蒋子云

填忆秦娥调法

忆秦娥，又名秦楼月、碧云深、双荷叶。四十六字，前后段各五句，共八韵。调如下：

箫声可仄咽韵，秦可仄娥梦可平断秦楼月叶。秦楼月叠三字，年可仄年柳可平色，灞陵伤别叶。　　乐可平游原可仄上清秋节叶，咸可仄阳古可平道音尘绝叶。音尘绝叠三字，西可仄风残可仄照，汉家陵阙叶。　　——李白

填清平乐调法

清平乐，一名忆萝月。四十六字，前后段各四句，四仄三平韵。调如下：

禁可平闱清可仄夜韵，月可平探金窗罅叶。玉可平帐鸳可仄鸯喷可平兰可仄麝叶，时可仄落银可仄灯香可仄炮叶。　　女可平伴可平莫可平话孤眠换平，六可平

宫罗可仄绮三千叶。一可平笑皆可仄生百可平媚,宸可仄游教可仄在帷边叶。　——李白

填更漏子调法

更漏子,四十六字,前段六句,二仄二平韵;后段同。调如下:

玉阑干,金凳井韵,月可平照碧可平梧桐可仄影叶。独可平自个,立多时换平,露可平华浓可仄湿衣叶平。　一向三换仄,凝情望叶仄,待可平得不可平成模可仄样叶仄。虽叵可平耐,又寻思叶平,怎可平生嗔可仄得伊叶平?　——温庭筠

填画堂春调法

画堂春,四十七字,前后段各四句,共七韵。调如下:

落可平红铺可仄径水平池韵,弄可平晴小可平雨霏霏叶。杏可平花憔可仄悴杜鹃啼叶,无可仄奈春归叶。
柳可平外画可平楼独上,凭可平阑手可平捻花枝叶。放可平花无可仄语对斜晖叶,此可平恨谁知叶?
　——徐俯

填阮郎归调法

阮郎归,又名醉桃源、碧桃春。四十七字,前段四句,后段五句,共八韵。调如下:

翠可平深〔阴〕浓可仄合晓莺堤韵,春可仄如日可平坠西叶。画可仄图新可仄展远山齐叶,花可仄深十可平二梯叶。　风絮晚,醉魂迷叶,隔可平城闻可仄马嘶叶。落可平红微可仄沁绣鹓泥叶,秋可仄千教可仄放低叶。——吴文英

摊破浣溪沙法

摊破浣溪沙,又名山花子。四十八字,前后段各四句,共五韵。调如下:

菡可平萏香销翠叶残韵,西可仄风愁起绿波间叶。还可仄与韶可仄光共可平憔可仄悴,不堪看叶。　细可平雨梦可平回鸡塞远,小可平楼吹可仄彻玉笙寒叶。多可仄少泪可平珠何限恨,倚阑干叶。——李璟

桃源忆故人法

桃源忆故人,又名虞美人影。四十八字,前后段各四

句,共八韵。调如下:

逢可仄人借可平问春归处韵,遥可仄指芜可仄城烟树叶。滴可平尽柳可平梢残雨叶,月可平闯西南户叶。

游可仄丝不可平解留伊住叶,漫可平惹闲可仄愁无数叶。燕可平子为可平谁来去叶?似可平说江南路叶。

——王之道

填眼儿媚调法

眼儿媚,又名秋波媚、小阑干。四十八字,前后各五句,共五韵。调如下:

杨可仄柳可平丝可仄丝可仄弄轻柔韵,烟可仄缕织成愁叶。海可平棠未可平雨,梨可仄花先可仄雪,一可平半春秋叶。 而可仄今往可平事难重有,归可仄梦绕秦楼叶。相可仄思只可平在丁可仄香枝可仄上,豆可平蔻梢头叶。 ——王雱

填柳梢青调法

柳梢青,一名早春怨。四十九字,前后段各五句,共六韵。调如下:

岸可平草平沙韵,吴可仄王故可平苑,柳可平袅烟斜叶。雨可平后寒轻,风可仄前香可仄细,春可仄在梨

花叶。　　行可仄人一可平棹天涯叶，酒醒处、残阳乱鸦叶。门可仄外秋千，墙可仄头红可仄粉，深可仄院谁家叶？　——仲殊

填河渎神调法

河渎神，四十九字，前段四句，后段四句，四平四仄韵。调如下：

　　江上草芊芊韵，春可仄晚可平湘可仄妃可仄庙可平前叶。一方卵可平色楚南天叶，数可平行可仄斜雁可平联可仄翩叶。　　独可平倚朱可平阑情不极换仄，魂可仄断可平终可仄朝可仄相可仄忆叶仄。两可平桨不可平知消息叶，远可平汀时起鸂鶒叶。　——孙光宪

填应天长调法

应天长，四十九字，前段五句，后段五句，共九韵。调如下：

　　一可平弯初可仄月临鸾镜韵，云可仄鬓凤可平钗慵不整叶。珠可仄簾静叶，重可仄楼迥叶，惆可仄怅落可平花风不定叶。　　绿烟低柳径叶，何可仄处辘可平轳金井韵。昨可平夜更可仄闻酒可平醒叶，春可仄愁胜可平却病叶。　——欧阳修

填西江月调法

西江月,又名步虚词。五十字,前后段各四句,共六韵。调如下:

照可平野瀰可仄瀰浅可仄浪,横可仄空暧可平暧微霄韵。障泥未可平解玉骢骄叶,我可平醉欲可平眠芳可仄草。　可可平惜一可平溪明可仄月,莫可平教踏可平碎琼瑶叶。解可平鞍倚可仄枕绿杨桥叶,杜可平宇数可平声春可仄晓叶。　　——苏轼

填惜分飞调法

惜分飞,五十字,前段四句四韵,后段同。调如下:

钏可平阁桃腮香玉溜韵,困可平倚银床倦绣叶。双可仄燕归来后叶,相可仄思叶可平底寻红豆叶。碧可平唾春衫还在否叶?重可仄理弓弯舞袖叶。锦可平藉芙蓉绉叶,翠可平腰羞可仄对垂杨瘦叶。　　——陈允平

填醉花阴调法

醉花阴,五十二字,前段四句三韵,后段同。调如下:

格　调

薄可平雾浓可仄雾〔云〕愁永昼韵，瑞可平脑喷〔销〕金兽叶。佳可仄节又重阳，宝〔玉〕可平枕纱橱，半可平夜凉初透叶。　东可仄篱把可平酒黄昏后叶，有可平暗香盈袖叶。莫可平道不消魂，簾可仄卷西风，人可仄比黄花瘦叶。　——李清照

填浪淘沙调法

浪淘沙，又名卖花声。五十四字，前段五句四韵，后段同。调如下：

蹙可平损远山眉韵，幽可仄怨谁知叶？罗可仄衾滴可平尽泪可平胭脂叶。夜可平过春可仄寒人未起，门可仄外鸦啼叶。　惆可仄怅阻佳期叶，人可仄在天涯叶。东可仄风频可仄动小桃枝叶。正可平是销魂时候也，撩可仄乱花飞叶。　——康与之

填鹧鸪天调法

鹧鸪天，又名思佳客。五十五字，两段六韵。调如下：

枕可平上流莺和可仄泪闻韵，新可仄啼痕可仄间旧啼痕叶。一可平春鱼可仄鸟无消息，千可仄里关山劳可仄梦魂叶。　无一语，对芳樽叶，安可仄排肠可仄断

到黄昏叶。甫可平能炙可平得灯儿了，雨可平打梨花深可仄闭门叶。　——秦观

填临江仙调法

临江仙，五十六字，前后段各五句，共六韵。调如下：

夜可平久笙可仄箫吹彻，更可仄深星可仄斗还稀韵。醉可平拈裙可仄带写新诗叶，锁可平窗风露，烛作平焰月明时叶。　水可平调悠可仄扬声美，幽可仄情彼可平此心知叶。古可平香烟可仄断彩云归叶，满可平倾蕉叶，齐唱转花枝叶。　——赵长卿

填鹊桥仙调法

鹊桥仙，又名度寒秋。五十六字，前后段各五句二韵。调如下：

纤可仄云弄可平巧，飞可仄星传可仄恨，银可仄汉迢可仄迢暗可平度韵。金可仄风玉可平露一相逢，便胜可平却、人间无可仄数叶。　柔可仄情似可平水，佳可仄期如可仄梦，忍可平顾鹊可平桥归可仄路叶。两可平情若可平是久长时，又岂可平在、朝朝暮可平暮叶。
　——秦观

填虞美人调法

虞美人，五十六字，前后各五句，各二仄二平韵。调如下：

丝可仄丝杨可仄柳丝丝雨韵，春可仄在冥濛处叶。楼可仄儿忒可平小不藏愁换平，几可平度和可仄云飞可仄去觅归舟叶平。　　天可仄怜客可平子乡关远三换仄，借可平与花消遣叶仄。海可平棠红可仄近绿阑干四换平，才可仄卷珠可仄簾却可平又晚风寒叶平。——蒋捷

填一斛珠调法

一斛珠，又名醉落魄。五十七字，前后段各五句，共八韵。调如下：

晓可平妆初可仄过韵，沉可仄檀轻可仄注些儿个叶。向可平人微可仄露丁香颗叶。一可平曲清歌，暂可平引樱可仄桃破叶。　　罗可仄袖裹可平残殷色可叶，盃可仄深旋可平被香醪涴叶。绣可平床斜可仄凭娇无那叶。烂可平嚼红茸，笑可平向檀可仄郎唾叶。——李煜

填踏莎行调法

踏莎行，又名柳长春。五十八字，前段五句三韵，后段同。调如下：

润可平玉笼绡，檀可仄樱倚可平扇韵，绣可平圈犹可仄带脂香浅叶。榴可仄心空可仄叠舞裙红，艾可平枝应可仄厌愁鬟乱叶。　午可平梦千山，窗可仄阴一可平箭叶，香可仄瘢新可仄褪红丝腕叶。隔可平江人可仄在雨声中，晚可平风菰可仄叶生秋怨叶。　　——吴文英

填小重山调法

小重山，五十八字，前后段各六句，共八韵。调如下：

晴可仄浦溶溶明断霞韵，楼可仄台摇影处、是谁家？银可仄红裙可仄裀皱宫纱叶，风前可仄坐、闲斗可仄郁金芽叶。　人可仄散树啼鸦。叶粉可平糯黏不住、旧繁华叶。双可仄龙尾可平上月痕斜叶，而今可仄照、冷可平淡白菱花叶。　　——蒋捷

填一剪梅调法

一剪梅，六十字，前段六句三韵，后段同。调如下：

红可是仄藕香残玉可平簟秋韵，轻可仄解罗裳，独可平上兰舟叶。云可仄中谁寄锦书来，雁可平字回时，月可平满西楼叶。　　花可仄自飘零水可平自流叶，一可平种相思，两可平处闲愁叶。此可平情无计可消除，才可仄下眉头，却可平上心头叶。——李清照

填蝶恋花调法

蝶恋花，又名鹊踏枝、凤栖梧、黄金缕、一箩金。六十字，前段五句四韵，后段同。调如下：

六可平曲阑可仄干偎碧树韵，杨可仄柳风轻，展可平尽黄金缕叶。谁可仄把钿可仄筝移玉柱叶，穿可仄帘燕可平子双飞去叶。　　满可平眼游可仄丝兼落絮叶，红可仄杏开时，一可平霎清明雨叶。浓可仄睡觉可平来莺乱语叶，惊可仄残好可平梦无寻处叶。——张泌

填唐多令调法

唐多令，又名南楼令。六十字，前段五句四韵，后段同。调如下：

何可仄处是秋风韵，月可平明霜可仄露中叶。算凄凉未可平到梧桐叶。曾可仄向垂可仄虹桥上看，有可平几可平树、水边枫叶。　　客可平路怕相逢叶，酒可平

浓愁可仄更浓叶。数归期犹可仄是初冬叶。欲可平寄相可仄思无好句，聊可仄折可平赠、雁来红叶。　——陈允平

填破阵子调法

破阵子，又名十拍子。六十二字，前段五句三韵，后段同。调如下：

燕子来时新可仄社，梨可仄花落可平后清明韵。池可仄上碧可平苔三四点，叶可平底黄鹂一两声叶。日可平长飞絮轻叶。　巧笑东邻女可平伴，采可平桑径可平里逢迎叶。疑可仄怪昨可平宵春梦好，元可仄是今朝斗草赢叶。笑可平从双脸生叶。　——晏殊

填苏幕遮调法

苏幕遮，又名鬓云鬆。六十二字，前段七句四韵；后段同，惟三、四句并作九字。调如下：

碧云天，黄叶地韵。秋可仄色连波，波可仄上含烟翠叶。山可仄映斜阳天接水叶，芳可仄草无情，更在斜阳外叶。　黯乡魂，追旅思叶，夜可平夜除非、依调当绝句好可平梦留人睡叶，明可仄月楼高休独倚叶，酒可平入愁肠，化作相思泪叶。　——范仲淹

填渔家傲调法

渔家傲,又名绿蓑令。六十二字,前后段各五句五韵。调如下:

灰可仄煖香可仄融销永昼韵,蒲可仄萄架可平上春藤秀叶。曲可平角阑可仄干群雀斗叶。清明可仄后叶,风可仄梳万可平缕亭前柳叶。　日可平照钗可仄梁光欲溜叶,循可仄阶竹可平粉霑衣袖叶。拂可平拂面可平红新著酒叶。沉吟可平久叶,昨可平宵正可平是来时候叶。——周邦彦

填定风波调法

定风波,六十二字,前段五句,后段六句,共十一韵。调如下:

暖可平日闲窗映碧纱韵,小可平池春可仄水浸晴霞叶。数可平树海可平棠红欲尽换仄,争忍叶仄,玉可平闺深可仄掩过年华叶平。　独可平凭绣可平床方寸乱三换仄,肠断叶仄,泪可平珠穿可仄破脸边花叶平。邻可仄舍女可平郎相借问四换仄,音信叶仄,教可仄人羞可仄道未还家叶。——欧阳炯

填殢人娇调法

殢人娇，六十四字，前后段各六句，共八韵。调如下：

云可仄做屏风，花可仄为行可仄幛韵。屏可仄幛可平里、可平见春模样叶。小可平晴未可平了，轻阴一可平饷叶，酒可平到处、恰作平如把春拈可仄上叶。官可仄柳黄轻，河可仄堤绿可平涨叶。花可仄多可处、可平少停兰桨叶。雪可平边花可仄际，平芜叠可平幛叶。这可平一段凄可仄凉、为谁怅可平望叶？　　——毛滂

填青玉案调法

青玉案，六十六字，前后段各六句五韵。调如下：

蕙可平花老可平尽离骚句韵，绿染可平遍江头树叶。日可平午酒可平消听骤雨叶，青可仄榆钱小，碧苔钱古叶，难可仄买东君住叶。　官荷不碍遗鞭路叶，被芳可仄草将愁去叶。多可仄定红可仄楼簾影暮叶，兰可仄灯初上，夜香初驻叶，犹可仄自听鹦鹉叶。
　　——史达祖

填解佩令调法

解佩令，六十六字，前后段各六句，共十韵。调如下：

人可仄行花可仄坞韵，衣沾香可仄雾叶，有新词可仄逢春分付叶。屡可平欲传情，奈可平燕子可平不可平曾飞去叶。倚珠簾咏郎秀可平句叶。　相可仄思一可平度叶，浓愁一可平度叶，最难忘可仄、遮灯私语叶。澹可平月梨花，借可平梦来可仄、花可仄边廊庑叶，指春衫泪曾溅可平处叶。——史达祖

填天仙子调法

天仙子，六十八字，前后段各六句，共十韵。调如下：

水可平调数可平声持酒听韵，午可平醉醒可平来愁未醒叶。送可平春春可仄去几时回？临晚可平镜叶，伤流可仄景叶，往可平事后可平期空记省叶。　沙可仄上并可平禽池上暝叶，云可仄破月可平来花弄影叶。重可仄重簾可平幕密遮灯，风不可平定叶，人可仄初可平静叶，明可仄日落可平红应满径叶。——张先

填江城子调法

江城子，七十字，前后段各八句五韵。调如下：

杏可平花村可仄馆酒旗风韵，水溶溶叶，飏残红叶，野可平渡可平舟可仄横，可仄杨柳绿阴浓叶。望可平断江可仄南山色远，人不见，草连空叶。　　夕阳楼外晓烟笼叶，粉香融叶，淡眉峰叶，记得年时，相见画屏中叶。只有关山今夜月，千里外，素光同叶。

——谢逸

填千秋岁调法

千秋岁，七十一字，前后段各八句，共十韵。调如下：

棟可平花飘可仄砌韵，蕨可平薪清香细叶。梅可仄雨过，蘋风起叶，情可仄随湘水远，梦可平绕吴峰翠叶。琴书可仄倦，鹧可平鸪唤可平起南窗睡叶。　　密可平意无人寄叶，幽可仄恨凭谁洗叶？修可仄竹畔，疏簾里叶，歌可仄馀尘拂扇，舞可平罢风掀袂叶。人散可平后，一可平钩淡可平月天如水叶。　　——谢逸

填离亭燕调法

离亭燕，七十二字，前段六句四韵，后段同。调如下：

一可平带江可仄山如画韵，风物向秋潇洒叶。水可平浸碧可平天何处断，霁色冷可平光相射叶。蓼屿荻

花洲，掩可平映竹可平篱茅舍叶。　云可仄际客可平帆高挂叶，烟可仄外酒帘低亚叶。多可仄少六可平朝兴废事，尽入渔可仄樵闲话叶。怅望倚层楼，寒可仄日无可仄言西下叶。　——张昇

填风入松调法

风入松，七十三字，前后段各六句四韵。调如下：

一可平宵风可仄雨送春归韵，绿可平暗红稀叶。画可平楼整可平日无人到，与可平谁同可仄捻花枝叶？门可仄外蔷可仄薇开可仄也，枝可仄头梅可仄子酸时叶。

玉可平人应可仄是数归期叶，翠可平敛愁眉叶。塞可平鸿不可平到双鱼远，叹可平楼前流可仄水难西叶。新可仄恨欲可平是红可仄叶，东可仄风满可平院花飞叶。

——康与之

填祝英台近法

祝英台近，或无"近"字，一名月底修箫谱。七十七字，前后段各八句，共八韵。调如下：

宝钗分，桃叶渡，烟可仄柳暗南浦韵。怕可平上层楼，十可平日九风雨叶。断可平肠可仄点可平点飞红，都可仄无人可仄管，倩谁唤、流可仄莺声住叶？

鬓边觑叶,试可平把可平花可仄卜归期,才可仄簪又重数叶。罗可仄帐灯昏,哽可平咽可平梦中语叶。是可平他可仄春可仄带愁来,春可仄归何可仄处叶?却不解、带可平将愁去叶。　　——辛弃疾

填御街行调法

御街行,七十八字,前后段各七句,共八韵。调如下:

纷纷坠叶飘香砌韵,夜寂可平静、寒声碎叶。真珠簾卷玉楼空,天澹银河垂地叶。年年今可仄夜,月可平华如练,长是人千里叶。　愁肠已断无由醉叶,酒未可平到、先成泪叶。残灯明灭枕头攲,谙尽孤眠滋味叶。都来此可平事,眉可仄间心上,无计相回避叶。　　——范仲淹

金人捧露盘法

金人捧露盘,"金"一作"铜",一名上西平,又名西平曲。七十九字,前段八句,后段九句,共八韵。调如下:

爱春归,忧春可仄去,为春忙韵。旋点可平检可平雨可平障云妨叶。遮可仄红护可平绿,翠可平帏罗可仄幙任高张叶。海可平棠明可仄月,杏花天、可仄更可平惜浓芳叶。　唤莺吟,招蝶可平拍,迎柳舞,倩桃

妆叶。伫呼可仄起可平、万可平籁笙簧叶。一可平觞一可平咏,尽可平教陶可平泻绣心肠叶。笑可平他人可仄世,谩嬉游可仄拥可平翠偎香叶。 ——程垓

填新荷叶调法

新荷叶,一名折新荷。八十二字,前后段各八句,共九韵。调如下:

欲可平暑还凉,如可仄春有可平意重归韵。春可仄若归来,任他莺可仄老花飞叶。轻可仄雷淡可平雨,似可平晚可平风可仄欺可仄得单衣叶。檐可仄声惊可仄醉,起可平来新可仄绿成围叶。 回可仄首分携叶,光可仄风冉可平冉菲菲叶。曾可仄几何时,故山疑可仄梦还非叶。鸣可仄琴再可平抚,将可仄清可仄恨可平都可仄入金徽叶。永可平怀桥可仄下,系可平船溪可仄柳依依叶。 ——赵彦端

填蓦山溪调法

蓦山溪,一名阳春,又名上阳春。八十二字,前后段各九句三韵。调如下:

一可平番小可平雨,陡可平觉添秋色韵。桐可仄叶下银床,又可平送可平个可平、凄凉消可仄息叶。故可

平乡何可仄处？搔可仄首对西风。衣可仄线可平断，可平带可平围可仄宽，可仄衰可仄鬓添新白叶。　　钱可仄塘江可仄上，冠可仄盖如云积叶。骑可仄马傍朱门，谁可仄肯可平念可平、尘埃墨可平客叶。佳可仄人信可平杳，日可平暮碧云深。楼可仄独可平倚，可平镜可平频可仄看，可仄此可平意无人识叶。　　——张元幹

填洞仙歌调法

洞仙歌，八十三字，前段六句，后段七句，共六韵。调如下：

冰可仄肌玉可平骨，自清凉无汗韵。水可平殿风来暗香满叶，绣簾开、一点明可仄月窥人，人未寝，可仄欹枕钗横鬓可平乱叶。　　起可平来携素手，庭可仄户无声，时可仄见疏星渡河汉叶。试问夜如何？夜可平已三更，金波可仄淡，玉可平绳低可仄转叶，但屈指西风几时来，又不道、流年暗中偷换叶。　　——苏轼

江城梅花引法

江城梅花引，八十七字，前段八句，后段十句，共十一韵。调如下：

娟可仄娟霜可仄月冷侵门韵，怕黄昏叶，又黄昏

叶。手捻一枝独作平自对芳樽叶，酒可平又不可平禁花又恼，漏声远，一更更，总断魂叶。　断魂断魂二叠字，不可平堪闻叶，被可平半温叶，香可仄半薰叶，睡也睡也，睡不稳、谁与温存叶，惟可仄有床前银烛照啼痕叶，一可平夜为可仄花憔悴损，人瘦也，比梅花，瘦几分叶。　——康与之

填意难忘调法

意难忘，九十二字，前段十句，后段十句，共十二韵。调如下：

衣染莺黄韵，爱停可仄歌驻可平拍，劝可平酒持觞叶，低鬟蝉影动，私可仄语口脂香叶。莲露滴，竹风凉叶，拚可仄剧饮淋浪叶，夜渐深笼可仄灯就可平月，子可平细端相叶。　知音见说无双叶，解移可仄宫换可平羽，未可平怕周郎叶。长颦知有恨，贪可仄耍不成妆叶。些个事，恼人肠叶，待可平说与何妨叶。又恐伊，寻可仄消问可平息，瘦可平减容光叶。　——周邦彦

填满江红调法

满江红，九十三字，前段八句四韵，后段十句五韵。

调如下：

门可仄掩垂杨，宝可平香可仄度、翠可平簾重可仄叠韵。春可仄寒可仄在、罗可仄衣初试，素肌犹怯叶。薄可平雾笼可仄花天欲暮，小可平风送可平角声初咽叶。但独可平褰、幽幌悄无言，伤初别叶。　　衣上可平雨，眉间月叶，滴可平不可平尽，鼙空切叶。羡可平栖可仄梁归燕，入簾双蝶叶。愁可仄绪多可仄于花絮乱，柔可仄肠过可平似丁香结叶。问甚可平时、重理锦囊书，从头说叶。　　——程垓

填满庭芳调法

满庭芳，又名锁阳台、满庭霜。九十五字，前后段各九句，共九韵。调如下：

南可仄月惊乌，西风破可平雁，又是可平秋可仄满平湖韵。采可平莲人尽，寒色战菰蒲叶。旧可平信江南好景，一作平万可平里、轻可仄觅莼鲈叶。谁知道，吴侬未识，蜀作平客已情孤叶。　　凭高，增怅望，湘云尽处，都可仄是平芜叶。问故可平乡何可仄日，重可仄见吾庐叶？纵可平有荷纫芰制，终不可平似、菊可平短篱疏叶。归情远，三更雨梦，依旧绕庭梧叶。

——程垓

填水调歌头法

水调歌头,又名江南好、花犯念奴。九十五字,前段九句,后段十句,共八韵。调如下:

明可仄月几时有,把可平酒问青天韵。不可平知天可仄上宫可仄阙,可平今可仄夕是何年叶?我可平欲乘可仄风归可仄去,又可平恐琼楼玉作平宇,高可仄处不胜寒叶。起可平舞弄清影,何可仄似在人间叶。
转可平朱可仄阁,可平低可仄绮可平户,照无眠叶。不可平应有可平恨,何可仄事可平常可仄向别时圆叶?人可仄有悲可仄欢离可仄合,月可平有阴晴圆可仄缺,此可平事古难全叶。但可平愿人可仄长久,千可仄里共婵娟叶。——苏轼

填烛影摇红法

烛影摇红,九十六字,前段九句,后段同,共十韵。调如下:

梅可仄雪飘香,杏花开可仄艳燃春昼韵。铜可仄驼烟淡晓风轻,摇可仄曳青青柳叶。海可平燕归可仄来未久,叶向雕梁、初成对偶叶。日长人困,绿可平水池塘,清明时候叶。　　簾可仄幙低垂,麝煤烟可仄喷

黄金兽叶。天可仄涯人去杳无凭，不可平念东阳瘦叶。眉可仄上新可仄愁压旧，叶要消遣、可平除非鹦酒叶。酒醒人静，月可平满南楼，相可仄思还又叶。——赵长卿

填声声慢调法

声声慢，九十七字，前段十句，后段九句，共八韵。调如下：

云可仄深山可仄坞，烟可仄冷江皋，人生可仄未可平易相逢韵。一可平笑灯前，钗行可仄两可平两春容叶。清芳夜争真可仄态，引生可仄香、撩乱东风叶。探可平花可仄手，与安排金可仄屋，懊可平恼司空叶。

憔可仄悴欹翘委可平佩，恨玉可平奴消可仄瘦，飞可仄趁轻鸿叶。试可平问知心，樽前可仄谁可仄最情浓叶。连呼紫云伴可平醉，小丁可仄香、才吐微红叶。还解语，待携归、行雨梦中叶。——吴文英

填醉蓬莱调法

醉蓬莱，九十七字，前后段各十一句，共八韵。调如下：

任落可平梅铺可仄缀，雁可平齿斜桥，裙可仄腰芳

草韵。闲可仄伴游丝,过晓可平园庭沼叶。厮可平近清明,雨可平晴风可仄软,称少可平年寻讨叶。碧可平缕墙头,红可仄云水可平面,柳可平堤花岛叶。　谁可仄信而今,怕愁憎酒,对可平着花枝,自疏歌笑叶。莺可仄语丁宁,问甚可平时重到叶。梦可平笔题诗,帕可平绫封可仄泪,向凤可平箫人道叶。处可平处伤怀,年可仄年远可平念,惜可平春人老叶。　——吕渭老

填暗香词调法

暗香,一名红情。九十七字,前后段各九句,共十二韵。调如下:

旧时月可平色韵,算几番照我,梅边吹笛叶。唤起玉人,不可平管清寒与攀摘叶。何逊而今渐老,都可仄忘却、春风词笔叶。但怪得、竹可平外疏花,香冷入瑶席叶。　江国叶,正寂寂叶。叹寄与路遥,夜雪可平初积叶。翠樽易竭叶,红萼无言耿相忆叶。长记曾携手处,千树压西湖寒碧叶。又片片,吹尽也,几时见得叶。　——姜夔

填八声甘州法

八声甘州,九十七字,前后段各九句,共八韵。调如下:

对潇潇暮可平雨洒江天，一可平番洗清秋韵。渐霜风凄可仄紧，关河冷可平落，残可仄照当楼叶。是处红可仄衰绿〔翠〕可平减，苒可平苒物华休叶。惟可仄有长可仄江水，无可仄语东流叶。　　不忍登可仄高临可仄远，望故可平乡渺可平渺，归可仄思难收叶。叹年可仄来踪可仄迹，何可仄事苦淹留叶？想佳人、妆可仄楼长〔颙〕可仄望，误几回，天可仄际识归舟叶。争知我、倚可平阑干处，正可平恁凝愁叶。　　——柳永

填双双燕调法

双双燕，九十八字，前后段各九句，共十二韵。调如下：

过春社了，度可平帘幕中间，去年尘冷韵。差池欲住，试可平入旧巢相并叶，还相雕梁藻井叶。又软可平语商量不作平定叶。飘然快拂花梢，翠尾分开红影叶。　　芳径叶，芹泥雨润叶。爱贴地争飞，竞夸轻俊叶。红楼归晚，看足柳昏花暝叶。应是栖香正稳，便忘仄可了、天涯芳信。愁损可平翠黛双蛾，日可平日画可平栏独凭叶。　　——史达祖

填昼夜乐调法

昼夜乐，九十八字，前后段各八句，共十一韵。调

如下：

洞可平房记可平得初相遇韵，便只作平合作平长相聚叶。何可仄期小会幽欢，变作别可平离情可仄绪叶？况可平值阑珊春色暮叶。对满可平目可平乱花狂絮叶，直可平恐好风光，尽随伊归去叶。　一可平场寂可平寞凭谁诉叶？算前言、总可平轻负叶。早可平知恁地难拚，悔不当可仄初留可仄住叶。其可仄奈风流端正外，更别可平有可平系人心处叶。一可平日不思量，也攒眉千度叶。　——柳永

填锁窗寒调法

锁窗寒，九十九字，前段十句，后段九句，共十韵。调如下：

暗柳啼鸦，单衣伫立，小帘朱户韵。桐花半亩，静锁一庭愁雨叶，洒空阶、更阑未休，故人剪烛西窗语叶。似楚江暝宿，风灯零乱，少年羁旅叶。

迟暮叶。嬉游处叶，正店舍无烟，禁城百五叶，旗亭唤酒，付与高阳俦侣叶。想东园、桃李自春，小唇秀靥今在否叶？到归时、定有残英，待客携樽俎叶。　——周邦彦

填念奴娇调法

念奴娇，又名无俗念、壶中天慢、百字令、杏花天。前段九句，后段十句，共八韵。调如下：

野可平棠花落，又可平匆可仄匆、可仄过可平了清明时节韵。划可平地东风欺客梦，一可平枕银可仄屏寒怯叶。曲可平岸持觞，垂可仄杨系可平马，此可平地曾经别叶。楼可仄空人去，旧游飞燕能说叶。

闻道绮陌东头，行人长可仄见，簾底纤纤月叶。旧可平恨春江流不尽，新可仄恨云山千叠叶。料可平得明朝，樽可仄前重可仄见，镜可平里花难折叶。也可平应惊问，近来多少华发叶？——辛弃疾

填瑞鹤仙调法

瑞鹤仙，一百二字，前段十句，后段十一句，共十三韵。调如下：

杏可平烟娇湿鬓韵，过杜可平若可平汀可仄洲可平，楚可仄衣香润叶。回头翠楼近叶，指鸳鸯可仄沙上，可平暗可平藏春恨叶。归鞭隐隐叶，便不可平念、可平芳痕未稳叶。自箫声吹可仄落云东，再可平数故国花信叶。　　谁问叶，听可平歌窗罅，倚月钩阑，

旧家轻俊叶。芳心一寸叶,相可仄思可仄后,总灰尽叶。奈春风多可仄事,吹花摇柳,也可平把幽情唤醒叶。对南溪,桃可仄萼翻红,又成瘦损叶。 ——史达祖

填水龙吟调法

水龙吟,又名龙吟曲、小楼连苑、海天阔处。一百二字,前后段各十一句,共九韵。调如下:

楚天千可仄里清秋,水可平随天可仄去秋无际韵。遥可仄岑远目,献可平愁供恨,玉可平簪螺髻叶。落可平日楼头,断可平鸿声可仄里,江可仄南游子叶。把吴可仄钩看可平了,阑可仄干拍可平遍,无人会,登临意叶。　休可仄说鲈鱼堪可仄脍叶,尽西风,季可平鹰归未叶?求可仄田问舍,怕可平应羞见,刘可仄郎才气叶。可可平惜流年,忧可仄愁风可仄雨,树可平犹如此叶。倩何人、唤取红可仄巾翠可平袖,揾英雄泪叶。 ——辛弃疾

填齐天乐调法

齐天乐,又名五福降中天、台城路、如此江山。一百二字,前段十句,后段十一句,共九韵。调如下:

一可平襟馀可仄恨宫魂断，年年翠阴庭树韵。乍咽凉柯，还移暗叶，重可仄把离愁深诉叶。西窗过雨叶，怪瑶佩流空，玉筝调柱叶。镜暗妆残，为谁娇鬓尚如许叶？　　铜仙铅泪似洗，叹移盘去远，难贮零露叶。病翼惊秋，枯形阅世，消可仄得斜阳几可平度叶。馀音更苦。甚独可平抱清商，顿成凄楚叶。谩想薰风，柳丝千万缕叶。　　——王沂孙

填南浦词调法

南浦，一百二字，前段九句，后段八句，共八韵。调如下：

风悲画角，听单于、三弄落谯门韵。投可仄宿骎骎征骑，飞雪满孤村叶。酒市渐阑灯火，正敲窗、乱叶舞纷纷叶。送数声惊雁，乍离烟水，嘹唳度寒云叶。　　好在半胧淡月，到如今、无处不销魂叶。故可平国梅花归梦，愁损绿罗裙叶。为问暗香闲艳，也相思、万点付啼痕叶？算翠屏应是，两眉馀恨倚黄昏叶。　　——鲁逸仲

填绮罗香调法

绮罗香，一百四字，前后段各九句，共八韵。调如下：

燕子梁深，秋千院冷，半可平湿垂杨烟缕韵。怯可平试春衫，长可仄恨踏青期阻叶，梅可仄子可平后可平馀可仄润留寒，藕可平花可仄外可平娭凉销暑叶。渐惊他秋可仄老梧桐，萧可仄萧金井断蛩暮叶。　熏篝须待被暖，催雪新词未稳，重寻笙谱叶。水可平阁云窗，总可平是惯曾经处叶。曾可仄信可平有可平客可平里关河，又可仄怎可平禁可仄夜深风雨叶？一声声滴可平在疏篷，做成情味苦叶。　——张翥

填永遇乐调法

永遇乐，又名消息。一百四字，前后段各十一句，共八韵。调如下：

清可仄逼池亭，润侵山可仄阁，云可仄气可平凝聚韵。未可平有蝉前，已可平无蝶可平后，花可仄事随流水叶。西可仄园支径，今可仄朝重可仄到，半可平碍醉筑吟袂叶。除可仄非是可平，莺身瘦可平小，暗可平中可仄引雏可仄穿去叶。　梅可仄檐滴可平溜，风可仄来吹断，放得斜可仄阳一缕叶。玉可平子敲枰，香可仄绡落可平剪，声可仄度深几许叶？层可仄层离恨，凄可仄迷如可仄此，点可平破漫烦轻絮叶。应可仄难认、可平争春旧馆，倚红杏处叶。　——蒋捷

填二郎神调法

二郎神,一百五字,前段十句,后段十一句,共九韵。调如下:

琐窗睡起,闲可仄伫立海棠花影韵。记翠楫银塘,红牙金缕,杯泛梨花冻冷叶。燕子衔来相思字,道玉瘦不作平禁春病叶。应蝶粉半销,鸦云斜坠,暗尘侵镜叶。　　还省叶,香痕碧唾,春衫都凝叶。悄一似酴醾,玉肌翠可平被,消得东风唤醒叶。青可仄杏单衣,杨可仄花小可平扇,闲却晚春风景叶。最可平苦是,蝴蝶盈盈弄晚,一簾风静叶。　　——汤恢

填望海潮调法

望海潮,一百七字,前后段各十一句,共十一韵。调如下:

梅英疏淡,冰澌溶可仄泄,东风暗换年华韵。金谷俊游,铜驼巷陌,新晴细履平沙叶。长记误随车叶,正絮可平翻蝶可平舞,芳可仄思交加叶。柳下桃蹊,乱分春色到人家叶。　　西园夜饮鸣笳叶,有华灯碍可平月,飞可仄盖妨花叶。兰苑未空,行人渐老,重来是事堪嗟叶。烟暝酒旗斜叶,但倚可平楼极可平

目，时可仄见栖鸦叶。无可仄奈归心，暗随流水到天涯叶。　——秦观

填一萼红调法

一萼红，一百八字，前段十一句，后段十句，共九韵。调如下：

步深幽韵。正云可仄黄天可仄淡，雪作平意未全休叶。鑑可平曲寒沙，茂可平林烟可仄草，俯可平仰可平今古悠悠叶。岁华可仄晚、可平飘零渐可平远，谁可仄念可平我可平、同载五湖舟叶。磴可平古松斜，崖可仄阴苔可仄老，一可平片清愁叶。　　回可仄首天涯归可仄梦，几魂飞西浦，泪可平洒东州。故可平园山川，故可平园心可仄眼，还可仄似可平王粲登楼叶。最负可平他可仄、秦鬟妆可仄镜，好可平江可平山可仄、何事此时游叶。为唤狂可仄吟老可平监，共可平赋销忧叶。

——周密

填疏影词调法

疏影，又名绿意。一百十字，前后段各十句，共九韵。调如下：

苔枝缀玉韵，有翠禽可仄小小，可平枝上同宿叶。

客里相逢，篱角黄昏，无可仄言可仄自可平倚可平修竹叶。昭君不惯胡沙远，但暗忆、江可仄南江北叶。想佩环、月可平夜归来，化作此花幽独叶。　　犹记深宫旧事，那人正睡里，飞近蛾绿叶。莫似春风，不作平管盈盈，早与安排金屋叶。还教一片随波去，又却怨、玉可平龙哀曲叶。等恁时、重可仄觅幽香，已入小窗横幅叶。　　——姜夔

填沁园春调法

沁园春，又名寿星明、洞庭春色。一百十四字，前段十三句，后段十二句，共十韵。调如下：

孤可仄鹤归飞，再过辽天，换尽旧人韵。念累可平累枯可仄冢，茫可仄茫梦可平境，王可仄侯蝼可仄蚁，毕可平竟成尘叶。载可平酒园林，寻可仄花巷可平陌，当可仄日何曾轻可仄负春叶。流年改，叹围可仄腰带可平賸〔胜〕，点可平鬓霜新叶。　　交亲叶。散可平落如云叶，又岂可平料、如今馀可仄此身叶。幸眼可平明身可仄健，茶可仄甘饭可平软，非可仄惟我可平老，更可平有人贫叶。躲可平尽危机，消可仄残壮可平志，短可平艇湖中闲可仄采蒓叶。吾何恨？有渔可仄翁共可平醉，溪可仄友为邻叶。　　——陆游

填摸鱼儿调法

摸鱼儿,又名买陂塘、陂塘柳。一百十六字,前后段各十句,共十三韵。调如下:

更能消、几番风雨,匆匆春又归去韵。惜可平春长可仄怕花开早,何可仄况落红无数叶。春且住叶,见可平说道、天涯芳可仄草无归路叶。怨可平春不语叶。算只可平有殷勤,画可平檐蛛可仄网,尽可平日惹飞絮叶。　　长门事、准可平拟佳期又误叶。蛾眉曾有人妒叶。千金纵可平买相如赋,脉可平脉此情谁诉叶?君莫舞叶,君不见、玉环飞可仄燕皆尘土叶,闲愁最苦叶。休去可平倚危栏,斜可仄阳正可平在,烟可仄柳断肠处叶。　　——辛弃疾

填贺新郎调法

贺新郎,"郎"一作"凉",又名金缕曲、乳燕飞、貂裘换酒。一百十六字,前段十句,后段同,共十二韵。调如下:

风可仄雨连朝夕韵,最惊心、春可仄光晼晚,又过寒食叶。落可平尽一可平番新桃李,芳草南园似积叶。但可平燕子、归来幽寂叶。况可平是单可仄栖饶惘

怅,尽无聊、有可平梦寒无力叶。春意远,恨虚掷叶。

东君自是人间客叶,暂时来、恩恩〔匆匆〕却去,为谁留得叶。走可平马插可平花当年事,池畹空馀旧迹叶。奈可平老去、流光堪惜叶。杳可平隔天可反涯人千里,念无凭、寄可平语长相忆叶。回首处,暮云碧叶。 ——毛开

填兰陵王调法

兰陵王,一名高冠军。一百三十字,第一段九句,第二段八句,第三段十句,共十八韵。调如下:

汉江侧韵。月可平弄仙人珮色叶。含情久、摇曳楚衣,天可反水空濛染娇碧叶。文漪簟影织叶。凉骨叶。时将粉饰叶。谁曾见、罗袜去时,点可平点波间冷云积叶。　相思旧飞鹢叶。谩想像风裳,追恨瑶席叶。涉可平江几可平度和愁摘叶。记可平雪映双腕,刺紫丝缕,分开绿可平盖素袂湿叶。放新句吹入叶。

寂作平寂叶。意犹昔叶。念净社因缘,天许相觅叶。飘萧羽可平扇摇团白叶。屡侧卧寻梦,倚阑无力叶。风标公子,欲下处,似去声认去声得叶。 ——史达祖

填多丽词调法

多丽，又名绿头鸭。一百三十九字，前段十三句，后段十一句，共十二韵。调如下：

晚山青叶。一可平川云可仄树冥冥叶。正参可仄差、烟可仄凝紫可平翠，斜可仄阳画可平出南屏叶。馆娃归、吴可仄台游可仄鹿，铜可仄仙可仄去、汉可平苑飞萤叶。怀古情多，凭可仄高望可平极，且可平将樽可仄酒慰漂零叶。自湖可仄上、爱可平梅仙可仄远，鹤可平梦几时醒叶？空留得、六可平桥疏可仄柳，孤可仄屿危亭叶。　待苏堤、歌可仄声散可平尽，更可平须携可仄妓西泠叶。藕花深、雨可平凉翡翠，菰可仄蒲可仄软、风可仄弄蜻蜓叶。澄可仄碧生秋，闹可平红驻可平景，采可平菱新可仄唱最堪听叶。见一可平片、水可平天无可仄际，渔可仄火两三星叶。多情月、为可平人留可仄照，未可平过前汀叶。　——张翥

填戚氏词调法

戚氏，一百十二字，前段十四句，中段十二句，末段十五句，共廿四韵。调如下：

晚秋天韵，一作平霎作平微雨洒庭轩叶。槛菊萧

疏，井梧零乱，惹残烟叶。凄然叶。望江关叶。飞云黯可平淡夕阳间叶。当时宋玉悲感，向此作平临水与登山叶。远可平道迢递，行人凄楚，倦听平声陇可平水潺湲叶。正蝉鸣败叶，蛩响衰草，相应声喧叶。

孤馆度日如年叶。风露渐变，悄悄至更阑叶。长天静，绛河清浅，皓月婵娟叶。思绵绵叶。夜永对景那堪叶。屈指暗想从前叶，未名未禄，绮陌红楼，往可平往经岁迁延叶。　　帝里风光好，当年少日，暮宴朝欢叶。况有狂朋怪侣，遇当歌对酒竟留连叶。别来迅景如梭，旧游如梦，烟水程何限叶反。念利名憔悴长萦绊叶反，追往事空惨愁颜叶。漏箭移，稍觉轻寒叶，听鸣咽作平画角数声残叶。对闲窗畔，停灯向晓，抱影无眠叶。　　——柳永

填莺啼序调法

莺啼序，二百四十字，第一段八句四韵，第二段九句四韵，第三段十四句六韵，第四段十四句四韵，共十八韵。调如下：

残寒正欺病酒，掩沉香绣户韵。燕来晚、飞入西城，似说作平春事迟暮叶。画船载、清明过却，晴烟冉冉吴宫树叶。念羁情、游荡随风，化为轻絮叶。

十载西湖，傍柳系马，趁娇尘软雾叶。溯红渐招入

仙溪,锦儿偷寄幽素。倚银屏、春宽梦窄,断红湿、歌纨金缕。暝堤空,轻把斜阳,总还鸥鹭。

幽兰旋去声老,杜若还生,水乡尚寄旅。别后访六桥无信,事往花萎,瘗玉埋香,几番风雨?长波妒盼,遥山羞黛,渔灯分影春江宿,记当时短楫桃根渡。青楼髣髴,临分败壁题诗,泪墨作平惨淡尘土。　　危亭望极,草色天涯,叹鬓侵半苎。暗点检离痕欢唾,尚染鲛绡,鸐凤迷归,破鸾慵舞。殷勤待写,书中长恨,蓝霞辽海沉过雁,漫相思、弹入哀筝柱。伤心千里江南,怨曲重招,断魂在否?——吴文英

整理后记

刘坡公的《学诗百法》、《学词百法》，是民国时期的诗词写作技法读物，1928年由世界书局出版，当日很受读者欢迎；20世纪80年代的影印本，印数堪称可观，亦可见仍旧拥有较为广泛的读者。正缘于此，我们对两书加以标点整理，合为一册，重行出版。

这两种书，原本没有完全使用新式标点，只是加了断句符号。此次整理，自然首先是加以标点，同时改为简体横排。需要说明的是，原书引用词作，豆句有与今日不同者，标点时尊重原著；其余则一律按照时下通行本予以标点。

两书原本的编校，堪称良好，因此误植错讹很少，尤其是《学诗百法》，更为出色。此次整理，为了存真和达意准确，异体字一律予以保留；使用简化字可能引起误解的，也适当用了个别繁体字。对于原书个别明显的误植，整理时径予改正；有的则随文加〔〕注出正字。也需说明的是，诗词中加了〔〕的，大多并非错讹，而是异文；对如今脍炙人口的文字，均予注出，以免读者误解。

另外，原书尤其是《学词百法》讲到句、韵等，有叙述文字与例词标记不吻合者，整理时能予统一的作了统一，此外则仍其旧貌。个别作品缺少作者，则均予补出。

相信这个整理本，同样会得到读者的欢迎；同时，对整理中的错失，也欢迎读者予以批评指正。

整理者

戊戌春末